ドクター・デスの再臨

中山七里

Nakayama Shichiri

The return of Dr. Death

角川書店

目次

装丁　高柳雅人

写真　Pulse/Corbis/Getty Images
lightkey/E+/Getty Images

ドクター・デスの再臨

一　更に受け継がれた死

1

「じゃあね」

三叉路《さんさろ》に差し掛かると、亜以子《あいこ》は美織《みおり》に手を振って別れた。右側が美織の、左側が亜以子の家に延びている。小学校の頃はよくお互いの家を行き来していたが、最近はすっかりご無沙汰《ぶさた》になっている。あの、キャラクターグッズに囲まれた部屋は以前のままだろうか。

踏み出した次の一歩が俄《にわか》に重くなる。帰り道を億劫《おつくう》に感じ始めたのは、中学に入って友人が多くなってからだ。友人は倍に増えた。自分とは異なる家庭環境が倍もあることを知った。家族が全員健康で不安を一切感じさせない環境があることを知った。

他所《よそ》の家族の健康状態に自分が劣等感を抱く必要がないのは分かっている。家族の病気が誰の責任でもないことも重々承知している。それでも足は重くなる。

新旧の住宅が建ち並ぶ一角に亜以子の家がある。門柱に埋め込まれた〈長山《ながやま》〉の文字は達筆すぎて、よく配達員の人は間違えないものだと思う。

「ただいま」

返事がなくても特段気にはしない。自室に戻ってカバンを放り出し、普段着に着替える。そのまま一階南側の部屋に向かう。家の中で一番日当たりがいい部屋だが、もったいなくも日中はほぼカーテンが閉め切られている。

「ただいま、母さん」

今日はいくぶん体調がいいのか、ベッドの上の瑞穂《みずほ》は首をこちらに向けてきた。

「おかえり」

声は消え入るように小さい。人工呼吸器を装着しているためにくぐもって聞こえる。だが聞こえる分、まだましな方だ。具合が悪い日は息をするにも苦しげになる。訪問看護サービスの担当者と入れ替わりに亜以子が看護をすることになっており、家族の手に余るようなら介護サービス社に連絡する取り決めになっている。

瑞穂はずいぶん前からALS（筋萎縮《いしゅく》性側索硬化症）に罹患《りかん》している。全身の筋肉が瘦《や》せたり感覚が鈍くなったりする病気と聞いている。瑞穂も最初は手足に力が入らず息切れしやすくなる程度だったが、日増しに悪化して今では寝たきりになってしまった。

喉《のど》の筋肉も萎縮しているので痰《たん》が絡んでも上手《うま》く飲み込めない。少しでも痰を柔らかくするために二十四時間加湿器が稼働しているが、どれだけ効果があるのか亜以子には分からない。

「喋《しゃべ》らなくていいから。痰は大丈夫だよね」

亜以子の問い掛けに、瑞穂はわずかに頷《うなず》く。三センチほどの動きだが本人には精一杯の可動範囲らしい。この範囲も年々小さくなっていく。今はまだ会話補助装置やスマートフォンを介したやり取りも可能だが、いよいよとなれば瞬《まばた》きの数で意思を伝えなければならなくなるだろう。いや、下手をすれば眼球の動きに頼らざるを得なくなるかもしれない。

「待っててね。すぐに夕飯の用意するから」

話し掛けられた瑞穂は再び小さく頷く。亜以子を見つめる目は申し訳なさそうな色を帯びている。やめてくれと思うが、目の色は変えようがない。ベッドの横に置かれた携帯用会話補助装置を使えばキーを押すだけで音声が出力されるが、いかにもの電子音が亜以子は好きになれない。瑞穂も同様で、よほどの時にはスマートフォンのＬＩＮＥを使う。声が電子音に変換されるのは自身がロボットになったようで落ち着かないらしい。

亜以子はキッチンに移動し、冷蔵庫に収めていたタッパーから作り置きの食事を取り出す。食事と言っても、今の瑞穂は固形物を噛《か》み砕いたり飲み込んだりすることが困難なので、出来上がった食事をミキサーですり潰《つぶ》して嚥下《えんげ》しやすいように加工しなければならない。当然、食事の量が少なくなるので栄養摂取量も考慮する必要がある。長山家では毎回の食事について、栄養士から指示された摂取量を厳守している。

今晩のメニューはシチューだった。色とりどりのシチューはミキサーで粉砕され、単一色の半固形物にかたちを変えていく。摂取は鼻から胃まで通したチューブに流し込む。自然に抜ける場合もあるので、毎回確実に胃の中にチューブが入っていることを確認しなければならない。

流動食は人肌程度に温め、点滴のように速さを調節しながら一〜二時間かけて注入する。舌の上に乗らないので味を楽しむことはできない。食事ではなく栄養摂取という言い方が自然に馴染《なじ》んでしまうのは、このためだ。チューブから流動食を摂取している時の瑞穂は、お世辞にも楽しそうに見えない。

他にも終わったら白湯を注射器で注入するように指示されている。チューブが詰まるのを防いで水分の補給にもなるからだが、要は清掃用の液体を流し込んでいるに過ぎない。だから亜以子は白湯の注入にいちいち躊躇《ちゅうちょ》を覚える。

栄養摂取を終えるとチューブを抜き、鼻の周りをウエットティッシュで拭《ふ》く。ここに至って、ようやく瑞穂はほっと安堵《あんど》したように表情を緩める。瑞穂にとっては食事すらも治療の一環なのだ。亜以子にも、これが食事だとは到底思えない。摂取の度に緊張を強いるような食事がどこにあるというのか。

瑞穂とともにテーブルを囲み、料理に舌鼓を打ったのはいつのことだったか。ずいぶん昔の出来事だったようにも思えるし、あるいは自分の幻想のような気もする。

午後八時過ぎに父親の富秋《とみあき》が帰ってきた。富秋もまた、帰宅して着替えを済ませるとベッドの瑞穂の顔を拝むのが日課になっている。

「頼まれたもの、置いておくぞ」

富秋はベッドの枕元に紙包みを置くと、亜以子とともに部屋を出た。富秋が在宅して具体的に亜以子の仕事量が軽減されるというものではないが、少なくとも精神的な余裕が生まれる。一人で背負い込むよりは二人で背負い込む方が楽に決まっている。二人よりは三人、三人よりは四人。それでも足りなければ公的機関を頼る。ただしALSに関しては高額医療という事情もあり、まだまだ公的な支援は不充分だった。

「待っててね。すぐに夕飯の用意するから」

電子レンジで温めたシチューをひと口啜《すす》ると、料理の腕を上げたと富秋が褒めてくれた。

「毎日台所に立っていれば、嫌でも腕は上がるよ」

「いやあ、そんなことはないぞ。こういうのにも素質があって、母さんなんて新婚当初から全然上達しなかった」

「お父さん」

亜以子のひと睨《にら》みで富秋は押し黙る。娘と話すと不思議にひと言多くなるのが富秋の悪い癖だった。

もっとも富秋は決して悪い父親ではない。瑞穂の病気が深刻なものと分かってからは早く退社してくれるようになった。中間管理職がそうそう早く帰宅できるものではないことくらい亜以子も承知している。職場でもいい顔はされないだろうし早く帰ってきても富秋のできる家事は限られている。それでも仕事を理由に家庭を蔑《ないがし》ろにしないだけでも嬉《うれ》しかった。

「生活費は足りているのか」

唐突に訊《き》かれた。父親から訊かれるのは学校のことか、そうでなければ家計のことに限られている。きっと父親というのはそういうものなのだろう。

瑞穂が寝たきりになってからというもの、長山家の財布は亜以子が握ることになった。月々の水道光熱費と食費、学費に富秋の昼食代。可能な限り倹約に努めているが、やはり瑞穂の介護治療費が大きな負担となっており、食費を多少切り詰めても焼け石に水だった。

「もし足りなければ、すぐに言えよ」

富秋は殊更ぶっきらぼうに言う。カネのことで娘に心配をかけまいと思っているのが丸分かりだ。

「ところでお父さん、お母さんに頼まれたものって何だったの」

「現金だ」

紙包みには結構な厚みがあった。あれが札束なら十万や二十万ではない。

「介護サービス社への支払いがあるからATMで引き出してくれと頼まれた」

「支払いって銀行引き落としじゃなかったっけ」

「契約内容の変更で、急いで現金を用意しなきゃいけないと母さんからメールがあった」

「お父さんも知らなかったの」

「はじめに介護サービス社と契約したのは母さんだったしな」

自分が難病だと知った瑞穂の行動は早かった。介護の全てを家族に任せるのは危険と判断し、すぐに自ら介護サービス社に連絡したのだ。

「ただ金額が大きいのが少し気になる。大金だから何度も母さんに確認したが、自分名義の口座から下ろすから構わないって言われた」

「大金っていくらなの」

「二百万円だ」

＊

『世の中には、死なせてほしいという人が確実に存在するのです』

モニター画面の中で津賀沼誠司《つがぬませいじ》議員は声高に訴えていた。

『昨年発生した、安楽死を請け負う医療従事者の事件を憶《おぼ》えていますか。犠牲者が連続して出ているのに犯人逮捕が遅れたのは、警察の捜査能力にも問題がありますが、それ以前に被害者自らに被害者意識がなかったからです』

「現場を見てもいないのに、よくもこれだけ好き勝手言ってくれますね」

刑事部屋のテレビに見入っていた高千穂明日香《たかちほあすか》は、早速津賀沼の言葉に反応する。実際の捜査に携わった者にすれば、外野の意見ほど無責任でいい加減なものはない。横で聞いていた犬《いぬ》養隼人《かいはやと》は特に嘆きも憤りも感じない。

「犬養さん、腹が立たないですか」

「政治家の戯言《たわごと》にいちいち腹を立てていたら身が保《も》たん」

津賀沼は与党国民党の中堅議員だ。大所帯の国民党の中にあって、いくぶん野党寄りの発言をするので鬼っ子扱いされている。はみだし者だから悪目立ちし、言動の度にマスコミが面白がって取り上げる。

『何故被害者に被害者意識がないのか。それは安楽死こそが彼らの願望だったからです。言い換えれば、彼らもそして犯人も安楽死が合法であったのなら犯罪にはなり得なかったし、あれほど注目もされなかった。全ては法整備が不充分であったゆえの悲劇と言えましょう』

「なあにが法整備の不充分よ」

外野の雑音を無視できないタチの明日香は尚《なお》も悪態を吐く。

「どれだけ法律が改正されようが、知恵の回るヤツはいつでも法の網目をすり抜けてひと儲《もう》け企《たく》むに決まってるじゃない」

なかなか言うじゃないか。犬養は胸の裡《うち》で明日香に拍手を惜しまない。

『既に安楽死はオランダ、ベルギー、ルクセンブルク、スイス、カナダ、アメリカの一部の州で承認されています。未承認の国の患者が安楽死を求めて次々に渡航している状態で、日本も例外ではありません。医療の後進国に住んでいる人間が先進国に治療を受けに渡航するのと一緒です。つまり安楽死に関して日本という国はとんでもない後進国なのです』

またぞろ諸外国との比較論か。犬養は既視感たっぷりの言説に辟易《へきえき》する。凡庸そうな政治家や底の浅い言論人が決まって使うロジックだ。それぞれの国には異なった宗教があり異なった死生観がある。その相違を無視して論じようとするのは、要するに手前の理屈に都合のいいデータを援用しているだけの話だ。津賀沼のような輩《やから》はそれがどれだけ客観的なデータだとしても、自説に不都合な内容であれば平気で無視を決め込む。

『前回、安楽死事件に関与した医療従事者は逮捕され、現在は裁きを待つ身です。しかし法整備が進展しない以上、必ずや第二第三の事件が起きるのは必定なのです』

お次は社会不安を誘うつもりか。津賀沼の弁舌を聞くに従って嫌悪感が募る。

津賀沼は国民党相沢《あいざわ》派に属している。相沢派と言えば現総理真垣統一郎《まがきとういちろう》の出身派閥だが、第四派閥の哀しさで党に対する影響力は微弱に過ぎる。所属している津賀沼も同様で、マスコミの露出が多い割に人望も将来性もない。見るからに上昇志向の強そうな津賀沼は、そういう評価を覆したいがために、しばしば会見を開く。よせばいいのに暇で無責任な記者が面白がって会見場に集まるものだから、本人もやめようとしない。犬養自身、政界の道化師を眺める気分でいたことも確かだ。

だが今回の会見はいささか趣が違う。

医療従事者による安楽死は犬養と明日香が懸命になって追い続けた事件だ。〈ドクター・デス〉と名乗り、SNSを通じて安楽死を希望する者に処置を施す犯罪者。身から出た錆《さび》とは言え、犬養は娘である沙耶香《さやか》も危険に晒《さら》してしまった。そればかりか〈ドクター・デス〉の披露する倫理に惑わされ、最後は警察官としての信念を木っ端微塵《みじん》に粉砕された。あの時の屈辱と無力感は今なお犬養の精神を蝕《むしば》んでいる。解決したのは事件だけだ。犬養の葛藤《かっとう》は未《いま》だに出口を見つけられずにいる。これほど犬養の胸に深い爪痕《つめあと》を残した事件もない。

ところが津賀沼は必ずや二人目三人目のドクター・デスが出現すると嘯《うそぶ》いている。冗談ではない。心身ともにぼろぼろになってまで解決した事件を、そうそう簡単に繰り返されて堪《たま》るものか。

『無論、そうした事件を未然に防ぐのは当然ですが、それでは警察と犯人のいたちごっこに終始してしまう惧《おそ》れがあります。やはり安楽死を望む患者を救うという観点で、法整備をしなくてはいかんと考える所存なのであります』

一瞬、画面の中で津賀沼の表情が緩んだ。カメラの向こう側にいる視聴者に大見得を切る直前の顔だった。

『法案を提出するには時期尚早という声もあるでしょうが、停滞は政治にとっての悪徳です。わたしは決して立ち止まりません。日和見を決め込むのは国民への裏切りだからであります』

「ダメだ、こいつ。完全に自分に酔ってる」

明日香は呆《あき》れたように呟《つぶや》く。

「チャンネル替えましょうか、犬養さん」

「そのままにしていろ」

犬養の漠然とした不安が声になっていた。

『事は国民の生命と未来の医療体制を左右する喫緊の課題であります。党内の仲間と協議するのはもちろんですが、これは派閥も党も超えた問題であり、わたしとしてはまず超党派の勉強会を実施し、一刻も早く原案を策定後、然《しか》るべきタイミングで法案提出に臨みたい考えです』

津賀沼の会見が終わるのを待たず、明日香はテレビのスイッチを切る。憤慨を隠しきれない様子で、真っ暗になったモニター画面を睨みつけている。

安楽死の法制化自体は、それほど常識外れな話ではない。提案した津賀沼の議員としての資質はともかく、医療問題を政治で解決しようとするのはむしろ正攻法だ。

だが〈ドクター・デス〉と対峙《たいじ》した明日香はそんな正攻法に懐疑を抱いているらしい。いや、それ以上に犬養に気を遣っている。

「あの議員に、終末期の患者を救うつもりなんてありませんよ」

明日香はこちらに向き直って言う。

「いざ法案を提出する際には自分が党内のイニシアティブを取ろうっていうんでしょうね、きっと」

「腹を立てるのは、そこじゃない」

犬養は諭すように言う。

「第二第三の安楽死事件が必ず起こるだろうと不安を煽《あお》るだけ煽り、おそらく世論を誘導しようって肚《はら》だ。あれはバッジをつけたテロリストみたいなもんだ」

どこの政治家が何を言おうが知ったことではない。だが他人の不幸や揉《も》め事を私欲のために利用しようとする人間には虫唾《むしず》が走る。

ようやく憤りが収まった様子の明日香が、犬養に囁《ささや》きかける。

「犬養さんはどう思いますか。第二第三の〈ドクター・デス〉が現れるっていう仮説」

「仮説なんて大層なもんじゃない」

「それはその通りなんですけど」

明日香はどこか遠慮がちだった。

「世間の耳目を集めた事件では、必ずと言っていいほど模倣犯が現れますよ。〈ドクター・デス〉の場合は例外なんですか」

「安楽死には最低限の医療知識が必要になる。使用する薬剤にしても、町のドラッグストアで気軽に購入できるものじゃない。模倣犯になるにはハードルが高過ぎる」

口にしてから違和感が残った。安楽死はそれ自体が専門的な医療行為になる。結果的に殺人であったとしても患者に苦痛を与えないことが大前提となる。従って〈ドクター・デス〉の模倣が簡単でないのは自明の理だ。

しかし犬養はわずかな不安を払拭《ふっしょく》できない。

理屈ではなく、実際に〈ドクター・デス〉と対峙した自分たちだから感知できる薄気味悪さが存在する。安楽死を請け負った犯人から狂気は感じられず、むしろ独自の倫理さえ醸し出していた。逮捕されて取り調べを受ける時も毅然《きぜん》とした態度を崩さず、何を恥じるものかと犬養たちと対峙した。犯した行為について全く後悔も反省もしないという態度が徹底していた。尋問する犬養でさえ、どこか清々《すがすが》しさを覚える立ち居振る舞いだった。だから犬養は犯人を心底非難する気にはなれなかったのだ。

医療関係者の倫理は警察官のそれと大きく異なる。〈ドクター・デス〉のように特異な倫理を持った者が他にもいる可能性は否定できない。

口に残る違和感の正体は、二度と〈ドクター・デス〉と見《まみ》えたくないという犬養の本音だった。

「〈ドクター・デス〉が安楽死の代金に受け取ったのは二十万円だった。お前も知っているだろう。二十万円というのは医療器具と薬剤、それに交通費を加えた実費で、報酬は事実上ゼロだった」

明日香は神妙な面持ちで頷く。取り調べの際には明日香が記録係だったので、その内容は逐一把握しているはずだ。

「あいつはあいつなりの倫理で安楽死を推進していた。ほとんど手弁当で患者の許《もと》に通っていたんだから滅私奉公という言い方もできる。もちろん犯行が露見するリスクも承知していたはずだ。そんな酔狂な医療従事者が何人もいるとは思えん」

これもまた喋っていて抵抗がある。酔狂な医療従事者が何人も存在しないというのは、あくまで犬養の希望的観測に過ぎない。

犬養の本音を知ってか知らずか、明日香は決して納得しているように見えない。

「法整備さえ進めば模倣犯は出ないと思いますか」

「所詮《しょせん》、俺たちは法を犯した人間を捕まえるのが商売だ。医療倫理や個人の死生観には関係ないな」

犬養は敢《あ》えて言わずもがなを口にする。

「少なくとも非合法な安楽死はなくなるから、模倣犯が介入できる余地は限定されるだろう」

ただし根絶できるかどうかは疑問符だった。明日香が言ったように、どれだけ法律が改正されようが知恵の回るヤツはいつでも法の網目をすり抜けてひと儲けを企むに決まっているからだ。

「高千穂はどう思う」

「わたしは楽観視できません。どんなに完璧《かんぺき》な法整備をしても、どんなにきめ細かいセーフティーネットを張っても、網の間からこぼれ落ちる人がいます。そういう人たちをターゲットにするヤツらはいつでも一定数存在します」

社会的弱者を食い物にする犯罪を殊の外憎んでいる明日香ならではの言葉だった。

犬養は拘置所にいる〈ドクター・デス〉に思いを馳《は》せる。蛇の道は蛇。犯罪者の気持ちを一番理解できるのはやはり犯罪者に違いない。底の浅い政治家や目の曇った警察官が犯人像を予想するよりも、数々の安楽死を請け負った当人に訊いた方が参考になるような気がする。

「どちらにしても警察は事件が起きるのを待っているしかない。寝たきり患者の家を不審な医者が訪れた。そういう通報がないことを祈るだけさ」

2

下谷《したや》署にその通報があったのは三月十五日午後六時十四分のことだった。

『母親がネットを通して、誰かに安楽死を依頼したみたいなんです』

電話の声は幼さの残る女の子のものと見当がつく。通報を受けた担当者は、ああまたかと思った。医療従事者が安楽死を請け負った事件が報道されてからというもの、この手の通報が急激に増えた。安楽死事件に限った話ではなく、世間の耳目を集めるような重大事件が起きた時は大抵似たような通報が殺到する。マスコミ報道に踊らされて自身も被害者ではないのかと疑心暗鬼に陥る者や、騒ぎに乗じて悪ふざけをする者が後を絶たない。世の中にはこんなにも暇人が多いのか、それとも悪ふざけでしか社会と接点を持てない人間が増えたのか。

市民の声に耳を傾けるのも警察の仕事だが、迷惑行為を事前に止めさせるのも重要な仕事の一つだ。

「あのね、お嬢さん。偽計業務妨害罪って知っていますか」

『いいえ』

「警察や消防署とかにイタズラ電話すると、適正な業務を妨害して悪質と判断された時は三年以下の懲役または五十万円以下の罰金という法律があるんです。お嬢さん、三年も牢屋《ろうや》に入れられるなんて嫌でしょ。もう、こんな電話してこない方がいいですよ。それに、現実に家族を安楽死させた人が世間からこっぴどく責められているじゃないですか。そんな時にこういうイタズラ電話をするのはとても褒められたことじゃないと思いますよ」

『イタズラ電話じゃありません』

女の子の声に怒りが混じっているのを聴き、おやと思う。イタズラ電話ならこの段階で一方的に切るはずだ。

「事情、詳しく話せますか」

『ウチのお母さん、ＡＬＳに罹《かか》っていて……ＡＬＳって分かりますか』

「確か難病の一つですよね」

『ずっと寝たきりだったんです。それでさっきわたしが学校から帰ってくると、もう息をしていなくて』

「待って。お医者さんか消防署にはもう連絡したんですか」

『しました。でも、普通に病気で死んだようには思えないんです。留守中に誰かが家の中に入った形跡があるんです』

「戸締りはしていたんですか」

『介護サービスの人が来るからって、今日だけ鍵《かぎ》はしていなかったんです』

「じゃあヘルパーさんが来たんじゃないですか」

『連絡したら、今日は訪問予定じゃないと言われたんです。それにお母さんが用意していた現金二百万円もなくなっているんです』

通報してきた少女は長山亜以子と名乗り、住所もちゃんと申告していた。台東区《たいとう》谷中《やなか》三丁目〇－〇。元来、谷中は神社仏閣が建ち並び下町情緒の残る地域だが、昨今は懐古趣味の復興で商店街が賑《にぎ》わいを取り戻している。それに伴って新住民が流入し、この界隈《かいわい》は新旧の住宅が混在している。

長山宅はこの一角にあった。捜査員が到着した時には、既に消防庁のハイメディックが横付けされていた。してみると、死体はまだ家にあるようだ。

下谷署地域課の正垣《しょうがき》が家の中に入ると、娘の亜以子が母親の遺体を守るようにベッドの前に立っていた。困惑気味に対峙しているのは父親の富秋だった。駆けつけた救急隊員たちはその場で瑞穂の心肺停止を確認していた。

「遺体の右腕に注射痕があります」

救急隊員が示す部位には正垣にもそれと分かる赤い点がついていた。亜以子の証言によれば医師の訪問予定はないので、医師以外の医療行為があったとすれば医師法違反に該当する。

「蘇生《そせい》を試みましたが駄目でした。このまま病院に搬送するか、事件として扱うかはそちらの判断ですよね」

事件の可能性を嗅《か》ぎ取った正垣は直ちに下谷署の強行犯係と鑑識、そして機動捜査隊（機捜）に連絡した。

程なくして強行犯係の捜査員たちが到着し、亜以子と富秋から事情を聴取する。彼らに同行してきた庶務担当管理官は救急隊員に詳細を尋ねる。

「簡易的な検査をしましたが、血中のカリウム濃度は15・5mEq／Lと異常値を示しています」

「正常値というのはどのくらいなのですか」

「個人差もありますが3・5～5・0mEq／Lですね」

先の安楽死事件で、犯人が患者に対して塩化カリウム製剤を投与した手口は捜査資料で関係者に知れ渡っている。血中の異常に高いカリウム濃度は、その証左と言っていい。

「お母さんの話ではヘルパーさんが来るはずだったから玄関は施錠しなかったんです。でも、〈ひまわりナーシング〉に確認したら、今日の訪問予定は聞いていないって」

亜以子の訴えに、富秋の状況説明が加わる。

「契約内容の変更で必要と言われ、妻の頼みで現金二百万円を引き出しておいたんです。しかし娘が帰宅してみると、ベッドの傍らに置いておいたはずの現金が袋ごとなくなっているんです」

従前の事件では、犯人が安楽死の報酬として金銭を受領したことも明らかになっている。遺体の状態と犯行態様はまさに瓜《うり》二つだった。

この時点で庶務担当管理官は事件性ありと判断し、警視庁捜査一課に出動を要請した。それは解決したはずの安楽死事件が第二幕を迎えた瞬間でもあった。

「きちゃいましたね、通報」

現場に向かうインプレッサの中で明日香は珍しく軽口を叩《たた》いた。臨場前の言葉として軽率な感が否めないが、ステアリングを握る犬養は敢えて咎《とが》めもしない。場違いな軽口が明日香なりの気遣いだと知っているからだ。

庶務担当管理官から現場の状況報告を聞くなり、犬養は遂にドクター・デスの模倣犯が出現したのを確信した。

『しかし法整備が進展しない以上、必ずや第二第三の事件が起きるのは必定なのです』

数日前、会見の席上で津賀沼議員の放った言葉が現実となったかたちだが、会見がなかったとしても犬養はどこかで模倣犯が現れるのを危惧《きぐ》していた気がする。ドクター・デスが自分に放った予言は二年経った今でも胸壁に刺さったまま残っているのだ。

「課長も課長だと思いませんか」

犬養の反応がないので、明日香は軽口から愚痴へと切り替えたらしい。

「ウチの班がどれだけ案件を抱えているか知っているはずなのに、どうしてこっちに振ってくるんだか」

出動要請を受けた津村《つむら》一課長は直ちに麻生《あそう》班を専従班とし、麻生は麻生ですぐに犬養と明日香を現場に向かわせた。まるで安楽死事件は犬養たちの専管と言わんばかりの扱いだ。

正直、再び安楽死事件の捜査に関わることに気が進まない。事件を選べるような立場でないのは承知しているが、被害者の叫びが聞こえない事件は闘争心が萎《な》えてしまう。

被害者不在。それこそが安楽死事件の一番の特質だ。安楽死事件はかたちを変えた自殺幇助《ほうじょ》であり、殺害された人間は例外なく自ら死を望んでいる。殺害者は自殺者が理想とする安らかな死を、ほとんど報酬なしで請け負う。介護疲れした親族はほっと胸を撫《な》で下ろし、以降は高額の医療費や介護費を捻出《ねんしゅつ》する苦労から解放される。

関係者で困る者は誰もいない。立ちはだかるのは「違法である」ことの一点だけだ。事によれば、犯人を逮捕し罰することで司法機関が非難を受けるかもしれない。犬養たち警察官は市民の生命と財産を守り、秩序安定のために働いている。ただ違法というだけで、誰もが納得して利益を享受する犯罪を追及する必要がどこにあるのか。

新しい法律が制定された途端、それまで違法だった行為が遵法となり、またその逆も発生する。警察の正義と世間の正義は別物だ。そして警察の正義は条文一つでいつでも覆る。

「犬養さん、どうかしましたか」

明日香の問い掛けで犬養は我に返る。

「何でもない」

「運転、気をつけてください。刑事が現場に向かう途中で事故を起こしたりしたら目も当てられません」

「それ以前に、犯人が目の前で患者を安楽死させている瞬間を見逃しているんだがな」

痛烈な皮肉に、明日香は恨めしそうな目をして押し黙る。

長山宅では既に鑑識作業が始まっていた。

「予想通りの人選だな。死体はもう司法解剖に回した」

犬養と明日香の姿を認めた御厨《みくりや》検視官は同情とも揶揄《やゆ》とも取れる言葉を投げてきた。いち早く反応したのは明日香だ。

「安楽死が絡む事件はわたしたちの担当だと思われているんでしょうか」

「オーソリティーというよりもパイオニアだと思われているんじゃないのか。何と言ってもドクター・デスを追い詰めて手錠を嵌《は》めたのは君たちだからな」

とんでもない買い被《かぶ》りだ、と犬養は思う。確かに犯人は捕まえた。しかし、その罪を問えたとはとても言えない。犬養たちのしたことは安楽死の糾弾ではなく、正当性の喧伝《けんでん》に一役買っただけだ。

「やはり安楽死ですか」

「お前さんには気の毒だが、前の事件と瓜二つだ。被害者の血液には常識外れのカリウム濃度が認められる。死因はおそらく高カリウム血症による心停止。外見は心不全の症状と見分けがつかん」

「血液の分析は済んでいるんですね」

「駆けつけた救急隊員が早々にサンプルを採取していた。もちろん検視の段階で再度サンプルを採取し直したが結果は同じだ」

「チオペンタールは検出されましたか」

意識が覚醒《かくせい》している時、いきなり高濃度の塩化カリウム製剤を投与すれば患者は猛烈に苦しみ出す。完璧な安楽死を提供する側はまずチオペンタールで患者を昏睡《こんすい》状態にした上で塩化カリウム製剤を投与する。それが前の事件でドクター・デスが行っていた処方だ。長山瑞穂を殺害した者がドクター・デスの犯行を模倣したと仮定するなら、チオペンタール投与の有無は重要な手掛かりになる。

「さすがに薬剤の特定は無理だ。チオペンタールが投与されず患者が苦しんだかどうか、元々ＡＬＳだからシーツの乱れも少なく判断も難しい。例によって司法解剖の報告書待ちだな」

「どこに解剖を依頼しましたか」

「東大法医学教室。蔵間《くらま》准教授にお願いした」

犬養は何度目かの既視感に襲われる。蔵間准教授と言えば、前回の安楽死事件で最初に司法解剖を依頼した法医学者だ。

「以前に同様のケースを担当していれば判断も早いだろう」

御厨は半ば弁解するように言うが、それもまた犬養への配慮に聞こえなくもない。まるで前回の悪夢を反芻《はんすう》するような居心地悪さを覚える。危険だと直感する。錯覚であれ何であれ、初動捜査の段階で先入観を持っていいはずがない。明日香も同じことを考えているのか、どこか落ち着かない様子だった。

御厨は死亡推定時刻について午後四時から五時までの間と見当をつけていた。娘によって死体が発見されたのが午後六時過ぎだから、家人が家を空けていた間に何者かが侵入したことになる。

鑑識作業はまだ途中だったが、現場に残されたものと奪われたものが明らかになった。残されたものは不明毛髪数本と不明指紋。長山家に出入りしているのは家族以外では介護サービス社から派遣されたヘルパーだけなので識別が容易と思われる。

「被害者のベッドにはスリッパで近づいた形跡があります」

鑑識係の一人は忌々しそうに報告する。

「玄関にあった家族用のスリッパとは底の形状が異なります。予《あらかじ》め持参したものを履いたのでしょう」

靴下のまま上がれば足の裏から分泌された汗を現場に残すことになる。犯行に手慣れた印象が犬養を一層不機嫌にさせる。手慣れているのが事実ならば、長山瑞穂の殺害が初仕事ではないことを意味するからだ。

「被害者のスマホがどこにも見当たらないそうです。スマホのLINEアプリを介して家族と会話するので常時枕元に置いていたはずなのに、それがなくなっているらしい」

「スマホを操作できる程度には動けたということですか」

「スマホ以外にも携帯会話補助装置もあるのですが、家人の話によればスマホを使用する方が多かったようですね」

長山瑞穂が意思の伝達手段としてスマートフォンを常用していたのなら、安楽死の依頼もネットを通じて行われたと考えられる。交信記録が残っている可能性が高く、犯人が証拠隠滅に持ち去ったとしても何の不思議もない。

「それから本人が家人に用意させた現金が袋ごとなくなっています」

「さすがに袋を残していくようなヘマはしないでしょうね」

「最近はスマホからでも送金手続きが可能ですが、口座に足跡を残したくなかったのでしょう」

「二十万円。金額は大したことがなくても銀行取引の跡が残るのは一緒ですからね」

途端に鑑識係が妙な顔をした。

「犬養さん、二十万円じゃありませんよ。桁《けた》が一つ違っています。被害者が用意した現金は二百万円です」

「二百万円」

思わずといった調子で明日香が鸚鵡《おうむ》返しに繰り返し、犬養と顔を見合わせる。前の安楽死事件と異なる要素がやっと見つかった。

「実費どころの金額じゃないですね」

「ああ。完全にビジネスとしての安楽死だ。医師としての倫理もへったくれもない。それだけの報酬なら多少の危険も冒すだろうさ」

犬養たちが家族への事情聴取に臨むと、最初に夫の富秋が口を開いた。

「わたしの帰宅時間は大抵夜の八時過ぎです。それまでは先に帰宅している亜以子が瑞穂の看護をすることになっているのですが、今日は六時過ぎに亜以子から連絡があって駆けつけたんです」

富秋の退社時間は会社に問い合わせれば確認できる。少なくともアリバイは立証可能ということだ。

「ATMから現金を引き出したのはご主人でしたね」

「〈ひまわりナーシング〉の契約更新に必要だからと妻に頼まれました。最初に契約を決めたのは妻だったので、契約更新の話も全く疑いませんでした」

「介護のことは家族が決めるものだと思っていました」

犬養のいくぶん皮肉めいた質問にも、富秋は反応しない。妻を亡くした動揺と哀しみで他の感情が入り込む余地もないのだろう。

「まだ症状が軽いうちに本人が契約を決めたんです。介護を全て家族に任せると、家族までが疲弊してしまうからと」

「しっかりした奥さんだったんですね」

「ええ。だから病状が進むにつれて身体のあちこちが動かなくなる妻を見ていると本当に不憫《ふびん》で。刑事さん、ＡＬＳについてはご存じですか」

「以前扱った事件で知りました。一般常識の範囲内ですけどね」

「指定難病で、一度発症すると症状が軽くなることはありません。医師や周囲の者ができるのはサポートだけです。日に日に衰弱していく者を見ていることしかできない」

症状が進行すれば本人の意思を確認するのも容易ではなくなる。早い段階で自らのサポート体制を決定した瑞穂の判断力は称賛に値する。そして、それほど判断力が優れているのなら己の安楽死についても明確な意思を示しただろうと思わせる。

「それにしても二百万円というのは大金ですよね」

「妻は以前ＦＸ（外国為替証拠金取引）でわたし以上に稼いでいた時期があったんです。ＡＬＳを発症してからやめてしまいましたが、その時の蓄財がかなりあるんです。もっとも彼女自身の治療費や介護費用でずいぶん目減りしましたけど」

自身の介護費用まで捻出するとは大した人間だ。犬養は生前の瑞穂に対して畏敬《いけい》の念を抱かざるを得ない。身体機能が落ちても意思は病魔に屈しなかったということだ。

ところが、その強靱《きょうじん》な意思は自らの介護方針どころか安楽死までも決めてしまった。

ＦＸで最も求められるのは決断力だと聞いたことがある。瑞穂の場合はその決断力が功を奏したのだろうが、同時に自身の生命を断つことにも寄与したのは皮肉以外の何物でもない。

「本人と安楽死について話し合われたことはありましたか」

「いいえ、全く」

富秋は険しい顔をする。妻が自分の安楽死を独断で決めたのが、未だに納得できない様子だった。

「仮に安楽死について相談されていたら、すぐには賛成できなかったと思います。妻の意思を尊重したいと思いますが、日本では消極的な安楽死しか認められていないですし」

「本人と話し合われていないのに、安楽死の事情には詳しいみたいですね」

「賛成などしたくありません。しかし不治の病となれば当然、調べもします」

安楽死は積極的安楽死と消極的安楽死の二つに大別される。

積極的安楽死（Ａｃｔｉｖｅ　Ｅｕｔｈａｎａｓｉａ）
①自発的安楽死（Ｖｏｌｕｎｔａｒｙ　Ｅｕｔｈａｎａｓｉａ）意思能力を備えた成人が自らの意思で死を望んでいる場合。
②非自発的安楽死（Ｎｏｎ―ｖｏｌｕｎｔａｒｙ　Ｅｕｔｈａｎａｓｉａ）重度障害新生児など、本人に判断能力がなく意向を表明できない場合。
③反自発的安楽死（Ｉｎｖｏｌｕｎｔａｒｙ　Ｅｕｔｈａｎａｓｉａ）意思能力を備えた本人の意向に反する場合。
積極的安楽死については、一九九五年三月二十八日横浜地方裁判所松浦繁《まつうらしげる》裁判長によって医師による安楽死に当たるかどうかの判断基準として次の四条件が違法性阻却要件と提示されている。
1　耐えがたい肉体的苦痛があること。

2　死が避けられずその死期が迫っていること。
3　肉体的苦痛を除去・緩和するために方法を尽くし他に代替手段がないこと。
4　生命の短縮を承諾する患者の明示の意思表示があること。

消極的安楽死（Ｐａｓｓｉｖｅ　Ｅｕｔｈａｎａｓｉａ）は患者を死なせる目的で延命治療を停止させることだ。積極的安楽死と同様①自発的安楽死　②非自発的安楽死　③反自発的安楽死に区別される。

なお、判例では積極的安楽死の四要件が提示されているものの、実際の運用上はほとんど許容されていない。現時点において医師による積極的安楽死事件は、「法律上許される治療中止には当たらない」としてことごとく有罪判決が下されているのが現状だ。

「この国においては犯罪でしかない積極的安楽死です。賛成なんてできる訳がないじゃないですか」

「では何者かが、犯罪になることを承知の上で安楽死を請け負ってくれるとしたら賛成しましたか」

「犬養さん」

慌てた様子で明日香が止めに入る。富秋に自殺幇助の意思があったかどうかを確認するための質問だったが、露骨に過ぎたかもしれない。ところが富秋の隣に座っていた亜以子が意外な反応をした。

「わたしなら賛成したと思います」

「何を言い出すんだ」

今度は富秋が慌てて亜以子が喋るのを止めようとする。だが亜以子は溢《あふ》れ出す感情を堪《こら》えきれない様子で続ける。

「病気になる前のお母さんはいつも元気で、冗談が好きで、だから学校で嫌なことがあっても家に帰ったら忘れることができた。そんなお母さんが日増しに動けなくなって、上手く話すこともできなくなって、最近は笑うこともできなくなった。お父さん、そんなお母さん見て辛《つら》くなかったの。わたしは辛かった。見ているだけで涙が出そうになった」

娘に正視され、富秋は声も出せずにいる。質問した犬養と明日香も勢いに吞《の》まれて間に入れない。

「でも、わたし知ってる。一番辛いのはわたしやお父さんじゃなくてお母さん本人だった。お母さんが会話補助装置をあまり使おうとしなかったのは、元気だった頃の自分の声を、あんな濁った機械の声で上書きされたくなかったからだよ。身体も心もどんどん弱っていくのが一番辛かったのはお母さんなんだよ」

「そんなこと、俺が知らないとでも思っていたのか」

富秋は娘からの視線を逸《そ》らそうとしなかった。

「一緒にいた時間はお前よりずっと長い。あまり父親をなめるな」

「お父さん」

刑事さん、と富秋は犬養たちに向き直る。

「娘の話はさておき、瑞穂が延命治療に消極的だったのは事実です。しかしわたしや娘が安楽死に同意したり、違法な医療行為を何者かに依頼したりということは一切ありません」

感情を制御できない娘の弁護に回ったか。同じく娘を持つ父親として富秋の気持ちは手に取るように分かる。

「最近、家に不審な人物が出入りしていた形跡、もしくは奥さんが秘密裏に何者かと交信していた素振りはなかったですか」

犬養の問いに富秋と亜以子は揃って首を横に振る。

「もし瑞穂さんが望んで安楽死を選んだとしたら、お二人に遺書めいたものを残しているのではありませんか。筆記はできないにしても、スマホで伝言くらいは送れるでしょう」

「亜以子にも確かめましたが、二人のスマホにそういった類のメッセージは入っていませんでした。何なら現物を提出して構いません」

明日香がこちらをじろりと睨む。言いたいことは分かっている。瑞穂が自分の意思で安楽死を依頼したのであれば、処置が終わる前に夫や娘の邪魔が入るのを極力回避しようとしたに違いない。逆に言えば、二人に何のメッセージも送っていない事実は瑞穂の覚悟を物語っている。

「長山さん。あなたたち遺族が、瑞穂さんの決心や安楽死を請け負った犯人に何を思っているかは分からない。しかし我々は必ず犯人を捕まえて然るべき罪に問う」

3

長山宅を辞去した犬養と明日香は、そのまま東大法医学教室のある本郷《ほんごう》キャンパスに向かった。時刻は既に午後十時を回っていたが、医2号館本館のいくつかの窓からは明かりが洩《も》れている。学生たちが帰った後も、こうして働き続ける教授や職員たちがいることは普《あまね》く知られるべきだろう。いや、今の世の中では、大学職員の法定労働時間超えは却《かえ》って悪習と受け取られかねない。

法医学教室を訪ねるとすぐ蔵間准教授が応対に出た。

「やあ間がいいですね、お二人とも。今しがた解剖が終わったばかりですよ」

解剖を終えた直後であるのは言われなくとも見当がつく。蔵間の身体から異臭が漂っているからだ。今の今まで解剖室に籠《こも》っていた蔵間は嗅覚が麻痺《まひ》しているかもしれないが、明日香などは鼻を押さえるのを必死に堪えていた。

「どうぞ」

蔵間に勧められて二人は手近のワークチェアーに腰を据える。明日香の振る舞いが怪しいので視線の先を追ってみると、蔵間の座ったデスクには蓋《ふた》の開いたカップ麵《めん》が置いてある。蔵間が食したのは解剖の直前かそれとも直後か。いずれにしても惨殺死体を見慣れた犬養や明日香にも真似のできないことだ。

「まず死因ですが、心筋の虚血による心不全です。ただし心臓疾患と決めつけるには不審な点があります」

「血中の、異常に高いカリウム濃度ですね」

「現場で御厨検視官からお聞きでしょう。カリウム濃度が15・5mEq／Lなどという数値は高カリウム血症でもなかなかお目にかかれるものではない。念のために血漿《けつしょう》採血しましたが血症の特徴は出現しませんでした」

「いつぞやお聞きした或《あ》るケースと、よく似た所見ですね」

「似ているのは当然かもしれませんね。わたしも執刀中に大きな既視感を覚えましたから」

「ドクター・デスですね」

「ええ。塩化カリウム製剤の投与による人為的な心筋の虚血である可能性が捨てきれません。仮に第三者の仕業とすればドクター・デスなる犯人の模倣と考えても的外れではないでしょう」

「ドクター・デスの場合、塩化カリウム製剤の前にチオペンタールを投与していました。今回はどうでしたか」

「それを含めての模倣です。体内からはチオペンタールも検出されましたよ」

蔵間の返事を聞いた犬養は俄に緊張する。

安楽死させるために塩化カリウム製剤を投与する方法はマスコミによって広く報道された。だが苦痛を和らげるために患者を昏睡状態に陥らせる処方は警察も秘匿していた。換言すれば今回の安楽死事件の犯人はドクター・デスのやり口を知っていることになるのだ。

蔵間から前回の安楽死事件との類似点を指摘されると、犬養と同じことに思い当たったらしく明日香も表情を硬くした。切羽詰まったように蔵間に質問を浴びせる。

「先生は今回のケースとドクター・デスの事件に何らかの関連があるとお考えですか」

「二つのケースがあまりにも似ていることからの疑問ですか」

犬養も同様の質問をしようと考えていたところなので蔵間の返事を待つ。

ところが緊張気味の二人に対して蔵間は至極冷静だった。

「前回、犬養さんには一九九一年に起きた東海大学医学部付属病院での安楽死事件についてお話ししましたね。起訴された助手はベラパミル塩酸塩製剤を通常量の二倍投与し、脈拍に変化がなかったため、更に塩化カリウム製剤20mlを注射し、患者を死に至らしめました」

「ええ。確かに聞きました」

「ではもう一つ。元祖ドクター・デスとも言うべきジャック・ケヴォーキアンが考案したタナトロンという装置は最初に生理食塩水、次にチオペンタール、患者が昏睡状態に陥った時点で塩化カリウムが点滴されるという仕組みでした。初めてこの話を聞くと非常に専門的に思えるでしょうが、東海大学の事件もジャック・ケヴォーキアンの行為も、ちゃんと文献が残っています。従って今回の事案が塩化カリウム製剤を使用した安楽死事件であり、前回の事件と類似点があったとしてもさほど驚くことではないとわたしは考えます。警察発表がなくても文献を漁《あさ》りさえすれば特段の専門知識を要せず模倣できますからね」

ふっと犬養は緊張を解いたが、蔵間の話には続きがあった。

「もっとも今挙げた薬剤は、どれもこれもドラッグストアやコンビニで売っているものではありません。取り扱いにも慎重を期すものだし、一般の人ではまず入手困難でしょう」

「犯人は、やはり医療従事者ということですか」

「その可能性を否定する材料はありません。その場合、わたしは個人的に少々困ったことになります」

蔵間は表情を曇らせた。

「法医学を学ぶ者として、わたしは死因追及のみに注力してきました。事件の犯人や動機を考え出すと、どうしても先入観を抱いてしまい、判断の妨げになるからです。これは法医学の世界にその人ありと謳《うた》われた教授が講演で度々説いておられることで、私淑しているわたしの金科玉条でもあります」

法医学の権威と聞き、犬養の脳裏に著名で偏屈な老解剖医の顔が浮かんだが、敢えて口には出さなかった。犬養が想像するよりはるかに、あの老人は尊敬されているらしい。

「そういう事由で、本事案の容疑者および犯行態様などについても予測や見解めいたものは極力考えまいとしたのですが、事件の概要からどうも例外になりそうな気がするのですよ」

「事件のどういう点がでしょうか」

「御厨検視官から聞いたのですが、今回の安楽死事件において二百万円という現金の授受があったようですね」

「はい。我々は犯人が安楽死を請け負った報酬だと考えています」

「とんでもない暴利ですよ。積極的安楽死であろうが何であろうが医療行為の報酬ではあり得ない。完全なビジネスと言っていい。カネ儲けのために医療行為紛《まが》いを行い、指定難病に苦しむ患者の弱みにつけ込み、違法な安楽死に手を染める。仮に犯人が医療従事者であったとしたら、わたしはその人物を到底許すことができません。いえ、わたしに限らず医療従事者全員の敵と言っても過言ではないでしょう」

普段から理知的で決して感情的にならない印象の蔵間が珍しく憤っている。

「犬養さんだから話しますが、前回の安楽死事件が発生した際、我々医療従事者の間にはドクター・デスなる犯人にシンパシーを抱く者が少なくなかったのです」

「それは、あまり大っぴらに公言できる話じゃありませんね」

「安楽死事件を捜査されたのなら、横浜地裁が提示した違法性阻却の四要件もご承知かと思います。あの一件で臨床医師の多くは、法曹界がいかに医療現場の現実を知らないか、あるいは知ろうとしないかを思い知らされました。いや、事によると知悉《ちしつ》した上で見て見ぬふりをしたのかもしれません。一度でも指定難病の患者を看取った人間なら、四要件全てに合致する場合など滅多にないと分かっていますから」

犬養と明日香は頷かざるを得ない。四要件全てが普通に揃うのであれば安楽死の事例は頻出するはずだろう。

「個人的感想ですが、横浜地裁の判断は従前のものより踏み込んだ内容であるものの、やはり合法的な殺人を認めるのはまかりならぬという総意が見え隠れします。秩序安寧を旨とする司法の世界では、それが当然なのでしょう。しかし医療の世界において四要件は、足を使わずにサッカーをしろと言うのに等しい。だからこそドクター・デスの安楽死事件が公になり、その報酬がわずか二十万円と知った時、医療従事者の一部は密《ひそ》かにエールを送ったのですよ。司法判断とは別に、患者の死ぬ権利を尊重しほとんど実費で安楽死を提供したドクター・デスには医師としての倫理が窺《うかが》えるのです。肉体と精神が病魔に侵され、患者は苦しみながら死ぬしかない。そんな患者と家族の苦痛を和らげる行為は、果たして私利私欲で他人を殺《あや》める行為と同等の罪なのか。医療従事者は神でもなければ裁判官でもありません。感情的になった愚か者の短絡的行動と言われればそれまでのことです。しかし論理や法律だけで世界の全てを律しようという考え方も一種の傲慢《ごうまん》という気がしないでもありません」

耳を傾けていた犬養は背中に悪寒を感じる。蔵間の言説は医療従事者としてもっともな意見だと納得する一方で、どこか危うさを感じる。しばらく記憶を巡らせ、蔵間の言説はかつて自分を翻弄《ほんろう》したドクター・デスの主張と酷似していることに思い至った。

「失礼しました」

蔵間は自らの醜態を恥じるように言う。

「柄にもなく興奮してしまいました。警察官のお二人にはさぞお聞き苦しかったことと思います」

犬養たちは逆に恐縮する。安楽死に対する是非が医療関係者と警察関係者では対立することなど事前に分かっていたことではないか。救いがあるとするなら、今回の模倣犯が指定難病患者の救済ではなく営利目的で動いているらしいことだ。そこには倫理も良心もない。あるのは命をカネで売り買いしようとする薄汚い計算だけだ。

「死因以外に判明したことはありますか。たとえば被害者と犯人が接触した痕跡《こんせき》があるとか」

「被害者は寝返りを打つのも困難な状態だったと推測できます。点滴の針を刺していますが、手袋でもしていたのか周辺に指紋らしきものは見当たりません」

犯人はスリッパを持参するような用意周到さで犯行に臨んでいる。迂闊《うかつ》に指紋や体液を現場に残すような真似はしないだろう。

犬養は藁《わら》にも縋《すが》る思いで質問を続ける。

「蔵間先生は、この安楽死事件がまだ続くと思いますか」

蔵間は困惑気味に眉《まゆ》を顰《ひそ》めてみせる。

「先ほども言いましたが、わたしは死因究明を第一義にしており、犯人像や動機、事件の概要にまで頭を巡らそうとは考えていません」

「先生の流儀に水を差すつもりはありません。ただ、わたしたち刑事の第一義は犯人逮捕と動機の究明、そして事件の再発防止です」

「職域がはっきり分かれているのは、悪いことではありません」

「解剖医としての先生に尋ねているのではありません。犯人が医療従事者である可能性が高いのであれば、同業者である先生の意見を参考にしたいのですよ。二百万円で安楽死を請け負う仕事に旨味《うまみ》があるのかどうか。仕事として継続する価値があるのかどうか」

束の間、蔵間は考え込んだようだが、すぐに元の表情に戻った。

「あくまでも参考意見ですが」

「結構です」

「多くの医療従事者は学習します。たとえば最初の試みが失敗したとしても、それを経験値として次は改良して試行する。成功したのなら、次はどれだけ簡素化できるかを根気よく試そうとする。常に試行錯誤して最大の効果を求めるというのは研究者の性《さが》みたいなものです。それはおそらく殺人という局面においても発揮されます。加えて、たとえばわたしたち准教授の年収は六百万円から八百万円ですから、安楽死を四件も請け負えば年収分を稼げる計算になります。犯人が安楽死の請負を止める理由は何も思いつきませんね」

冷静な物言いは犬養の苛《いら》立《だ》ちに拍車をかけた。

翌十六日の午前九時に第一回の捜査会議が開かれた。場所は下谷署の会議室、前方の雛壇《ひなだん》に座るのは村瀬《むらせ》管理官と津村一課長、そして下谷署署長と麻生班長だ。安楽死事件の概要は既に報告済みだからだろうか、居並ぶ上層部の面々はいずれも疲れた表情でいる。前回の安楽死事件で味わった苦い経験を反芻しているような顔だった。

まずは村瀬が口火を切る。

「昨日三月十五日午後六時十四分、下谷署に何者かが家宅に侵入し、寝たきりの家人を殺害した上で現金を奪ったとの通報がなされた。通報者は長山亜以子十三歳、台東区谷中三丁目〇－〇居住。殺害されたのは母親長山瑞穂、ALS、筋萎縮性側索硬化症を患い、自宅療養中だった。奪われたのは前日に夫の富秋が銀行ATMから引き出した現金二百万円。娘が学校から帰ると瑞穂は息を引き取り、現金は袋ごと消えていた」

事件を初めて知った捜査員も硬い表情になる。ドクター・デスの事件を思い出したに相違なく、ようやく村瀬たちの困惑の理由を理解した様子だった。

「犯行態様は以前世間を騒がせたドクター・デスの事件と酷似しているが、現時点で模倣犯と断定するのは早計だ。では司法解剖の報告から」

明日香が立ち上がって蔵間の作成した解剖報告書を読み上げる。内容は昨夜犬養たちが聞いたものと寸分違わないが、初めて耳にする者たちの間には案の定、動揺が広がる。心筋の虚血による心不全、血中の異常に高いカリウム濃度、そしてチオペンタールの検出。いずれも既視感のあるもので、会議室の雰囲気は緊張の度合いを増していく。

嫌な流れだ、と犬養は思う。

長山家の家族も、そして近隣でも謎の訪問者の姿を目撃した者はいない。被害者に接触した痕跡すら見つかっていない。それにも拘《かか》わらず捜査会議上では新たなドクター・デスの影が行き来している。足音だけで獣の襲来に怯《おび》えているようなものだが、言い換えればそれだけ前回のドクター・デスが難敵だった証《あかし》でもある。

「次、鑑識の報告」

鑑識係の常滑《とこなめ》が立った。だが報告できる内容は多くない。犯人は玄関から履き替えたスリッパで行動しており身長をはじめとした身体的特徴が推測できない。現場から採取された不明毛髪は一種類だけだが、この毛髪は新旧が混じっていることから、定期的に出入りしているヘルパーのものである確率が高いという。

「本日、〈ひまわりナーシング〉から派遣されていたヘルパー、高橋房子《たかはしふさこ》からサンプルを得ました。こちらは現在分析中でありますが、同人の髪質や色などは不明毛髪と一致しております」

「訊き込みはどうだ」

これには下谷署の鳥谷《とりたに》という捜査員が答える。

「死亡推定時刻の午後四時から五時までにかけて被害者宅を訪問した人物について地取りをしましたが、現時点で目撃情報はありません」

村瀬は訝《いぶか》しげに顔を顰《しか》める。

「当該地域は古い住宅地だ。道路幅も狭く、家の前にクルマが横づけになれば嫌でも目立つ。犯人は徒歩でやって来たのか」

「不審なクルマが停まっていたという目撃証言もありません。この時間帯に通りを行き来するのはもっぱら住民であり、その多くは古くからの住人であることから、普段見かけない者には一定の警戒心を抱いています。犯人が徒歩でやって来たのであれば、大抵は目につくと思われます」

さすがに所轄署の捜査員は地域の事情に詳しい。だが不審な人物もクルマも目撃されないというのはいただけない。鑑識でも犯人の性別はおろか身体的特徴も摑《つか》めていないのだ。初動捜査の段階でこれだけ手掛かりが不足していると先が思いやられる。

「防犯カメラはどうだ」

下谷署の別の捜査員が答える。

「被害者宅周辺は一般住宅が建ち並び、商店街からも離れています。最寄りに設置されているのは二ブロック向こうになっており、当該家屋を撮影範囲に捉《とら》えている防犯カメラはありません。現在、千駄木《せんだぎ》駅前および日暮里《にっぽり》駅前から被害者宅に向けて設置された防犯カメラのデータを収集中です」

長山家は東の日暮里駅と西の千駄木駅に挟まれている。犯人がクルマを使用しなかったとすれば公共交通機関を利用したとみるのが妥当だろう。最近は顔認証システムの精度が上がっており、駅から長山家に向かう人物を特定するのも可能だ。問題は解析にどれだけの時間を要するか、そして肝心の犯人を捉えられているかどうかだった。

「鑑取り」

これも近隣での訊き込みを行った下谷署の捜査員が答える。

「被害者長山瑞穂は以前から通院と入院を繰り返し、二年前からは自宅療養に切り替えています。その頃から外出はぴたりと止んで、近隣住民で最近彼女の顔を見かけた者はいません」

「被害者はＦＸで蓄財していたという家族の証言がある。確認は取れたか」

「本人所有のパソコンに証券会社との取引記録が残っていました。自宅療養に切り替わってからも三カ月は取引を継続していたようです。本人名義の口座を通じて取引があり、事件前日には四百万円以上の残高がありました」

「本人所有のパソコンだと」

俄に津村と麻生が浮足立つ。本人所有の物であるなら、安楽死を依頼した人物との交信記録が残っていると望みをかけたのだろう。

だが続く捜査員の報告は素っ気ないものだった。

「パソコンはベッドのある部屋の片隅に放置されていました。家族の話ではキーの間隔が大きいため次第にスマホへ移行したようで、パソコンは盛大に埃《ほこり》を被っていました」

長山瑞穂所有のパソコンは既に押収され、こちらの解析も始まったという。だが本体に埃が被っているようでは、有益な情報はあまり期待できそうになかった。

「夫の長山富秋と長女亜以子についての鑑取りは本日から始めます」

「家族二人については周辺調査とともに尾行をつける。安楽死が狂言であり、引き出した現金をどちらかが、あるいは共謀して詐取した可能性も捨てきれない。しばらく二人の行動から目を離すな」

村瀬の指示は非情であるものの的確と言える。瑞穂には自分名義の口座に蓄財がある。だが、これは本人の治療費に消費される一方であり、治療が長引けば長引くほど目減りしていく。将来の生活に不安を覚えた富秋か亜以子がドクター・デスの模倣犯を装い、瑞穂の口座から現金を引き出してそのまま着服する。そもそも二百万円の引き出しが瑞穂の依頼だというのは家族の証言でしかなく、事実と裏付ける証拠は皆無だ。

同居家族による個人財産の詐取は特段珍しい話ではない。従って村瀬の指示は決して的外れでも穿《うが》ちすぎでもない。捜査本部を束ねる者の判断として妥当と犬養は評価する。

だが犬養の横でじっと話を聞いていた明日香は納得していない様子がありありと窺える。自身への中傷を耐え忍ぶように唇を固く引き締め、こつこつと忙《せわ》しなく人差し指で机を叩いている。

「やめろ」

その手を上から押さえると、明日香は抗議の顔を向けてきた。

「要らんことで目立つな」

「でも。犬養さんも二人と話したじゃないですか。ご主人も娘さんも、瑞穂さんを亡くしてあんなに気落ちしていたじゃないですか。あの二人が瑞穂さんを殺すなんて」

「心証じゃなく可能性の問題だ。それにカネ以外の目的で彼女を安楽死させたという線も考えられる」

「おいそこ」

すぐに麻生の叱責《しっせき》が飛んできた。

「私語を慎め。それとも今までの報告内容に何か疑問点でもあるか」

麻生の叱責には別の意味が含まれている。不足している部分があれば、この場で補足しろという示唆だ。

「疑問点ではなく、別の動機による可能性がないかと話していました」

「どういうことだ」

「長山富秋と亜以子が共謀して瑞穂の安楽死に加担したというケースです。衰弱する一方の本人を見かねて安楽死を思いついたものの、現行の法律では殺人罪が適用される。それでドクター・デスの模倣犯を装い彼女を殺害する。二百万円の強奪こそが第三者の介入を印象づける狂言だった。そういう見方もできなくはないでしょう」

犬養の披露した仮説に、静かなざわめきが広がった。

ただし捜査員たちのざわめきをよそに、壇上の村瀬は眉一つ動かさなかった。

「興味深い仮説であるのは認める。しかし今は証拠を拾い集めている最中だ。先入観を誘う発言は控えろ」

村瀬のひと言で、席上は再び静まり返る。明日香が小声で話し掛けてきた。

「犬養さん。今の説、どこまで本気なんですか」

「本気も何も、可能性の一つだ」

だが明日香が思うほど中身のある話ではない。カネ目当てであろうと患者の安寧のためであろうと、現象面では安楽死を強行したという点で何ら変わりはない。精々、情状酌量の余地を拵《こしら》える程度の仮説に過ぎないのだ。

報告が出揃ったところで村瀬が今後の捜査方針を告げる。

「鑑識は防犯カメラの映像解析を急げ。地取りも継続し、不審な人物を徹底的に洗うと同時に長山富秋と亜以子の動向から目を離すな。鑑取り担当はサイバー犯罪対策課と連携して、被害者が接触したと思《おぼ》しき安楽死の請負人の特定を急げ」

サイバー犯罪対策課の三雲《みくも》には、前回のドクター・デスの事件でもサイト管理者の居場所を摑むために協力を仰いだことがある。犯行態様が類似しているので同様に連携するのは理に適《かな》っているが、犬養でなくとも既視感が上積みされる感はどうしても否めない。

「積極的安楽死は医療倫理の問題と相俟《あいま》って世間の耳目を集めやすい。それは前回のドクター・デスの事件で皆も知っている通りだ。今回の事件はその模倣である可能性が高い。そしてこの手の模倣犯は早期解決させなければ雨後の筍《たけのこ》のように、後から後から湧いて出る。世間の耳目を集めるというのは、模倣犯の続出が警察の不手際に映りかねないということを意味する」

村瀬の口調が矢庭に張り詰めた。

「警察の威信云々《うんぬん》の問題ではない。不手際だと喧伝されればされるほど模倣犯が増え、結果として被害者が増える。いいか、捜査の遅れがそのまま被害者の増加に直結するんだ。起こってから後悔しても始まらん。今この時に全力を尽くせ。以上」

解散の声を合図に捜査員が一斉に立ち上がり、各々の方向に散っていく。犬養は麻生が雛壇から下りる前に近づいた。

「俺は下谷署の捜査員と現場を回ろうと思います」

「何か思いついたのか」

「推理というほどのものじゃありませんが」

ケースに応じて遊軍として動ける程度には信頼されているという自負がある。果たして麻生は仏頂面をしたまま、承諾の意で片手を振ってみせた。

「報告は怠るな。で、高千穂は同行させないのか」

「高千穂にはサイバー犯罪対策課に合流してもらいます。あいつは三雲課長とウマが合いそうですから」

4

捜査会議の席上で犬養が披露した仮説は、おそらく村瀬や津村たちが念頭に置いていたものを代弁したに過ぎない。だが考え得る可能性の一つであることに間違いはなく、長山富秋と亜以子には個別に尾行要員が充てられた。

「ですが長山瑞穂の葬儀には俺と高千穂を行かせてください」

会議後、人員配置を考えていた麻生に対して犬養が申し出た。

「お前たちは二人とも長山家の人間に顔が割れているだろう」

「何も葬儀に参列するつもりはありません。撮影可能な距離から観察するだけです。葬儀の席であの父娘がどんな振る舞いを見せるか確認するべきだし、安楽死を請け負った模倣犯が斎場に顔を出す可能性もゼロではないでしょう」

「ふん。女はともかく、野郎の表情や仕草から嘘を見抜くのが特技だったな。くれぐれも気取られるなよ」

麻生が立ち去ると、明日香が無遠慮に顔を近づけてきた。

「犬養さんはまだあの父娘を疑っているんですか」

「現時点で否定できる材料は何もない。管理官に言った通りだ」

「わたしには、あの二人が心底悲しんでいるように見えました」

「しかし安楽死に断固反対するという態度でもなかった。特に娘の方は顕著だ。彼女が安楽死を依頼したという線は決して細くはない。依頼主が母親だとして、それを幇助していたとも考えられる」

「どんな思考回路してたら、そんなことが考えられるんですか」

明日香は下から睨《ね》めつけるように見る。まるで因縁をつけるチンピラだ。明日香は被害者遺族に肩入れし過ぎる傾向があるが、今回も例に洩れない。

「わたしと一緒に長山さんの家の中を見ましたよね。莫大《ばくだい》な資産がある訳じゃなく、家屋も中古の戸建て。家族で争うような遺産も発生しません。それなのに真っ先に家族を疑うなんて非情すぎやしませんか」

「非情じゃない。愛情だ」

「どういう屁《へ》理屈です」

「家族をなるべく死なせたくないのも、なるべく苦しませたくないのも、根っこにあるのは同じ思いやりだろう」

我ながら説得力のある台詞《せりふ》だと思ったが、明日香は疑わしそうな目でじろじろと無遠慮な視線を投げて寄越す。

「何か不服でもあるのか」

「いえ。今の台詞、犬養さんにしては出来過ぎなような気がして。いったい誰の盗作ですか」

まさか娘から聞かされたとは言えず、犬養は口を噤《つぐ》むしかなかった。

長山瑞穂の葬儀は台東区の区民斎場で執り行われた。

犬養と明日香は道路を挟んだ区役所の敷地内から斎場全体を見渡す。目視での観察とズーム撮影を併用して参列者一人一人をチェックする。必要な場合には集音マイクで音声を録《と》る。

斎場に駐車スペースはないものの、徒歩一分の距離にバス停留所、五分の距離に日比谷《ひびや》線上《うえ》野《の》駅が控えているので交通の便は悪くないはずだった。

ところが百五十人は収容可能と思える斎場にも拘わらず、参列者は数えるほどしかいない。学生服姿は亜以子の友人なのだろうが現在は三人ほど、親戚《しんせき》筋か近隣住民らしい者は七人しかいない。一方、斎場の周囲にはマイクやカメラを持った報道陣が取り巻いており、記帳所に向かおうとする参列者を捕まえてはインタビューを試みている。手掛かりに繋《つな》がりはしないかとこうした声も全て録音しているが、内容を聴いている明日香は終始苦虫を噛み潰したような顔をしている。

『長山家の葬儀に参列されるんですよね。遺族とはどのようなご関係なんでしょうか』

『生前の長山瑞穂さんをご存じですか。いったい、どんな人だったんでしょうか』

『夫婦仲はよかったんですか』

『たとえば、以前はよく口論が絶えなかったとか』

『あなた、長山亜以子さんのお友だちですよね。普段、亜以子さんはお母さんのことをどんな風に言っていたんですか』

「大方予想していた通りの質問で、嫌になる」

「予想できるような質問しかしないから当たり前だ」

「あんなインタビューして、よく自己嫌悪に陥りませんよね。遠回しに家族の誰かが安楽死を依頼したんじゃないかと決めつけてるじゃないですか」

「奴《やっこ》さんたちは視聴者がそういうことを聞きたい下衆《げす》野郎たち揃いだと信じて疑わない。しかも仕事だと割り切っているからな。そういう汚れ仕事なんだと割り切れば、便器の中にでも平気で顔を突っ込める」

我ながら辛辣《しんらつ》な物言いだと思ったが、インタビュアーの質問を聞いていると義憤にも似た怒りがふつふつと湧き起こるのを抑えられない。

誤情報を流さない、デマを拡散させないためには、可能な限り遺族に接近して正しい情報を掻《か》き集めるしかない。以前、社会部の記者から言われたことを思い出す。だが報道する側に思い込みがあれば、接近はより危険でしかない。

「百歩譲って長山家の誰かが安楽死に加担していたとして、共感や同情の観点から報道しようと思わないんですかね」

「現状、安楽死に関わるのは違法行為だから、スタンスとしては容疑者に是非を問うかたちになるんだろう。ただし、それだって人の心に踏み込むことに変わりはない。自分が撃たれてもいいくらいの覚悟がない限り、軽々にするものじゃない」

少子高齢化と老老介護が顕在化すれば、いずれ安楽死を選択せざるを得ない家族が増加するのは目に見えている――かつてドクター・デスから放たれた言葉が不意に甦《よみがえ》る。長山家の悲劇を自分の家庭に重ねるインタビュアーはいったい何人いるのだろうか。

犬養たちが監視していても、参列者や斎場を取り囲む者の中に不審な行動を取る人間は見当たらない。参列者が少ないので目立つのを嫌って姿をみせないのか、それとも元より己の犯行を誇る気持ちがないのか。

記帳所に立つ富秋と亜以子にも不自然な素振りは見えない。二人とも感情の表出を堪えるかのように表情を硬くしている。参列者の少なさをどう捉えているかは不明だが、マスコミ関係者がカメラを向けているのは見えるだろうから余計に感情を押し殺しているのかもしれない。

「あと五分で告別式が始まります。不審な人物、見当たらないみたいですね」

明日香は当てが外れたように言う。喪主たち以外の不審者がいてほしそうなニュアンスはなるほど明日香らしい。

先入観を持つな。遺族に必要以上に肩入れするな。今まで何度か明日香に忠告してきたが、今回の事件で再発したきらいがある。

「不審な人物は第三者とは限らないぞ」

「分かってますよ」

どこか苛立たしげな返事を聞きながら、犬養は己も戒める。先入観を持たず、必要以上の肩入れをしない。ドクター・デスの事件では娘の沙耶香を巻き込んだ苦い経験が未だに尾を引いている。安楽死を選んだ当事者の遺族感情も皮膚感覚で理解できる。警告が本当に必要なのは明日香よりも犬養なのかもしれない。

安楽死事件は被害者不在の事件だと書いた記事があった。安らかな死を選んだ本人はもちろん、多額の医療費や介護で心身ともに疲れ果てた家族の負担減免にも繋がり、被害をこうむる者は誰もいないという論説だ。背景には安楽死についての議論が全くと言っていいほど為《な》されず、法的整備もされていない現状があるという。

一見、もっともな意見に思えるが、実際に安楽死事件を担当した犬養には、それこそ上澄み液を掬《すく》っただけの浅薄な話にも見える。

実は安楽死事件にもれっきと被害者は存在するのだ。不治の病に冒された患者とその家族たちだ。患者の体力と預金残高の減退に不安を覚え、日々の介護に神経をすり減らす。言わば極限状況に刻一刻と近づいている中で安楽死事件が報道され、第三者が軽率な感想を垂れ流せばどうなるか。責任を持たぬ者の偽善は凶器にもなり得る。世論と言えば聞こえはいいが、現行の法律に沿った建前に終始するのであれば当事者の救済にはほど遠い。

犬養はふと長山家の遺族に同情したくなった。本人単独の意思で行われたとしても、本人の安楽死を許してしまった遺族に世間の目は冷たい。興味本位の記事が出ればその傾向はますます顕著になるだろう。所詮、人が死んで全員が幸福などという事例は有り得ない。

告別式の開始時刻直前、報道陣の一部が動いた。

それまで参列者が会場の中に消えていく姿をひたすら追っていたひと組のクルーたちが、いきなり群れから飛び出して斎場内に足を踏み入れてきたのだ。

クルーたちの標的は確かめるまでもない。彼らは富秋と亜以子目がけて駆け出していく。

「犬養さん」

明日香が顔色を変えて前に出ようとするのを、犬養が制止する。

「まだ早い」

先頭を走っていたのはＩＣレコーダーを握ったショートボブの女だった。何度かワイドショーで見たことがある。確か宮里《みやさと》とかいう、物欲しそうな目が特徴のレポーターだ。下世話なインタビューとえげつない追い込み方で評判が悪いが、悪名が無名に勝るのはどこの世界も同じらしく報道の現場では重宝されているらしい。

宮里は見る間に亜以子に駆け寄り、ICレコーダーを彼女の前に突き出した。

『長山瑞穂さんの娘さんですね。お母さんは安楽死を選んだということですが、その辺のことは家族も納得済みだったんでしょうか』

今度は亜以子の顔色が変わる。今まで感情が溢れ出すのを堪えるために硬くしていた表情が崩壊する。

『やめてください』

『きっと娘さんも辛かったと思います。でもお母さんの遺体を見た時に、ひょっとして安心したんじゃありませんか。これでもう苦しまずに済むんですから』

『誰が安心するんですか。ふざけないでよ』

『真面目にインタビューしてますよ。こっちは』

『わたしたちの気持ちなんて知りもしないくせに』

『だあから、それを世間に知ってもらうために質問に答えてほしいんですよお』

亜以子が血相を変えると、宮里は薄く笑ったようだった。宮里がわざと相手を怒らせようとしているのは歴然としている。しかしレコーダーを突きつけられている本人は興奮しているので、宮里の意図に気づけないだろう。

娘の動揺に気づいた富秋が二人の間に割って入る。

『どこの局の人だか知らないが場を弁《わきま》えてくれ。ここをどこだと思っているんだ』

『死んだ人の思い出を語る場所ですよね。だったらご主人も思いの丈を話してはどうですか。奥さんを安楽死させると決めた時の気持ちとか、煩わしい介護から解放された時の嬉しさとか』

最後の台詞が自制心に楔《くさび》を打ち込んだらしく、富秋は怒りの表情も露《あら》わに宮里に摑みかかった。

「行くぞ」

言うより早く犬養は区役所の敷地から駆け出した。

どれだけ評判が悪かろうが、同じ場所に居続けるには実績と評価が必要だ。宮里がレポーターとして重宝されているのは、相手から本音を引き出す術《すべ》に長《た》けているからだろう。その目的のためなら、宮里は自分が殴られてもいいと考えているフシがある。相手に暴力を振るわれたらインタビュアー側の立場が強くなり、相手は意のままになる。

方法がどうであれ、目的のためには手段を選ばない姿勢は見上げた根性だと感心する。犬養もそういうプロフェッショナルは嫌いではない。

しかし時と場合による。

いざとなれば犬養は足が速い。普段ゆっくり歩いているのは、カロリーと持久力が必要になる場合に備えているからだ。みるみるうちに富秋たちとの距離が縮まっていく。

「犬養さんっ」

背後から明日香が呼んでいるが速度を緩めるつもりは毛頭ない。富秋が宮里に危害を加える前に制止しなくてはならない。報道側の自由にされては捜査の邪魔になる。

もちろん、それだけではない。家族を失った者が無責任な第三者に翻弄されるのを見ているのを、これ以上我慢できなかった。

富秋と宮里まではあと十メートル。

「お前たちは遺族のことを何だと思っているんだ」

「遺族だと思ってますよ。でなきゃ、あなたや娘さんにマイクやカメラを向けたりしません」

肩を摑まれても宮里は挑発をやめない。あくまでも富秋を焚《た》きつけるつもりだ。

「長山瑞穂さんの安楽死はもういち家庭の話じゃありません。要介護の家族を抱えた家庭全ての問題になっています。ご主人は全国の同じ境遇にいる家族たちにメッセージを発信する義務があるんですよ」

ひどく傲慢な物言いだが、宮里はこれも計算ずくだろう。社会の公器を標榜《ひょうぼう》していれば少なくとも体裁だけは整えられる。質問内容が下品極まりない時にインタビュアーがよく使う美辞麗句だ。

「よその家のことなんて知るか」

富秋は片手を拳《こぶし》にしたまま、辛うじて理性を保っているようだ。しかし既に限界が見えている。

「あんたこそどうなんだ。あんたにだって親もいれば兄弟もいるだろう。我が身に置き換えて考えようとは思わないのか」

「いちいちそんなことは考えていません。仕事の邪魔だから。いいですか、このレコーダーは世間の耳でカメラは世間の目です。向けられたら答えるのが義務ですよ」

「知るか」

「長山さんも他人が不幸になるニュースは興味を持って見聞きするでしょう。それが自分の段になったらだんまりを決め込むなんて虫が良過ぎると思いませんか」

とうとう堪忍袋の緒が切れたらしく、富秋は宮里に向かって拳を振り上げた。

まずい。彼らと犬養の間にはまだ数歩の距離がある。このままでは犬養の制止は間に合わない。

富秋の右拳が動くのを視界の端で捉える。

駄目だ、間に合わない。

犬養が空しく手を伸ばしかけた時だった。

富秋と宮里の間に人影が割って入った。

宮里に向かった拳が途中で止められる。

「落ち着いてください、長山さん」

割って入ったのは長身の男だった。

「今この女に拳を振るってもあなたの得になることは一つもない。あなただけじゃない。娘さんも不愉快な目に遭う」

場違いなほど低い声に富秋は動きを止める。犬養が辿《たど》り着いた頃には矛の収めどころを探すような素振りだった。

齢《とし》は犬養と同じくらいか。上背があるだけでなく胸板も厚い。要人の横にでも立たせれば、充分SPとして通用するのではないか。

一方、向こう傷覚悟でいた様子の宮里は収まらない。

「あなた、何いいカッコしてんのよ。これ、れっきとした報道なのに一般人が邪魔していいと思ってんの」

「まるで自分が一般人じゃないみたいな口ぶりだな」

宮里に向きを変えたため犬養にも男の顔が見えた。体格に負けず劣らず厳《いか》つい面構えをしている。ＳＰもいいが、自分が警視庁の人事担当者だったら組対五課に欲しい人材だ。

「局の腕章を巻いていれば特権階級にでもなったつもりか」

「なっ」

「そもそもお前さんのしているのは報道でも何でもない。ただの堂々とした覗《のぞ》き見だ」

「失礼じゃないの」

「覗き見相手に失礼もクソもない。唾《つば》を吐きかけられないだけ有難く思え」

男は宮里の面前にぐいと顔を突き出す。睨みを利かせるというのはこういうことを言うのだろう。たちまち宮里は黙り込み、尻尾《しっぽ》を垂れた犬の顔になった。

「ふん」

捨て台詞を残しもせず宮里が立ち去ると、男は富秋に向き直った。

「要らぬ邪魔が入りましたね。会場に急いでください。喪主がいなくては話にならない」

「ありがとうございました」

富秋は亜以子の肩を抱いて会場へ消えていく。男は二人の姿を見送ると何もなかったかのようにその場を後にする。犬養とすれ違いざま一瞬だけ目が合ったが、男は無言だった。

二　女神の死

1

朝の光が目に痛い。真理恵《まりえ》が目覚めた時には既に九時を回っていた。まだ二月だというのに窓から洩《も》れる陽光はぎらつき、顔をじわりと灼《や》く。スキンケアやＵＶカットを施しても肌の老化は隠しようがない。

真理恵は時間をかけて上半身を起こしてベッドから這《は》い出る。両足が床に着いたのを確かめてから、ゆっくりと立ち上がる。八十過ぎともなれば日常の動作すら危険を伴った運動になる。ちょっとした不注意で躓《つまず》いたり転倒したりする。骨が相当脆《もろ》くなっているので転倒などすれば簡単に骨折してしまう。慎重の上に慎重を期す必要があるが、幸か不幸か真理恵の身体は刻むようにしか動けない。

杖《つえ》を片手に玄関まで進む。廊下の幅は広く車椅子も余裕で通れるが、リハビリを兼ねて歩行に挑む。だがどれだけリハビリを続けても肉体の機能が改善する徴候は見られず、辛うじて症状の進行を遅らせる程度にしかならない。

宅配ボックスには、いつもの通り宅配弁当が入っていた。自炊や外食がしづらくなって業者と契約したが、慣れてしまえばこれほど便利なものはない。老人食だろうが病人食だろうが、きちんとカロリー計算した献立を用意してくれる。味はともかく、面倒な手間暇を省けるだけ有難い。

箱を持ち上げようと手を伸ばしかけた時、指先が震え始めた。

まただ。

両手首を振ってしばらくすると震えは止まった。だが震えが収まるのはあくまで一時的だ。

真理恵は弁当の包みを片手で抱くと、杖を持ち直してダイニングルームへと向かう。

テーブルの上で包みを開き、早速箸《はし》をつける。油断をすると食事中にも震顫《しんせん》に襲われ、箸やスプーンが上手《うま》く扱えなくなる。真理恵のような病気を患っている者にとっては食事も恐怖の時間だった。

広めのダイニングルームに真理恵の咀嚼《そしやく》の音だけが聞こえる。口がしょっちゅう半開きになるので咀嚼の音がどうしても大きくなるのだ。同居家族がいなくて助かったと思える数少ない場面の一つだった。

テーブルと椅子は飛騨《ひだ》産のヒノキで造られた高級家具。その他、食器棚をはじめとした調度類も見るからに値の張りそうな逸品が揃っている。豪奢《ごうしや》ではないが美しさと風格を併せ持つ家具は、全て真理恵が自分の趣味に合わせて買い集めたものだ。自分と同じように、美しさを維持しながら長く使用に耐え得るものだけを選んだつもりだった。厳選した甲斐《かい》もあって、未《いま》だにがたつきもしなければ褪色《たいしょく》もしていない。

皮肉にも先に壊れ始めたのは真理恵の方だった。碌《ろく》に歩けない、物も持てない、静かに食事もできない。排泄《はいせつ》は更に悲惨な状況だ。一時は介護士の世話を受けることも考えたが、岸《きし》真理恵の老醜を晒《さら》すことの恥辱に比べれば多少の不便は甘受しようと思い直したのだ。

味気ない食事を終えると、真理恵はリビングルームに移動した。こちらの部屋も広々としており一人では持て余しそうだが、掃除は家事代行サービスが請け負ってくれるので面倒はかからない。要は岸真理恵の住んでいる家、寛《くつろ》いでいる部屋が貧相であってはならないという一点だ。

壁の一面を支配しているのは八十インチの薄型テレビだが、地上波の番組を観ることはほとんどない。ほぼ固定化しているのは衛星放送の日本映画専門チャンネルか配信系の懐かしドラマだった。

リモコン操作でお目当ての映画を見つける。昭和二十七年製作、五島逸男《ごとういつお》監督作品『椿の咲く坂』。主演、岸真理恵。

内容は他愛のないコメディだ。真理恵扮《ふん》する下町育ちの娘がひょんなことから財閥の御曹司に見初められ、これに彼女を憎からず想っていた幼馴染《なじ》みが絡んで恋のさや当てを繰り広げるというストーリーだった。総天然色の謳《うた》い文句とともに日本映画がモノクロからカラーに移行する頃の作品だから色調も内容も古めかしい。今の若い子たちに観せればものの五分でチャンネルを替えてしまうのではないか。

だが、この頃の日本映画は娯楽の王様だったのだ。週替わりで新作が作られ、文芸大作にもプログラムピクチャーにも大勢の客が詰め掛けた。映画スターは芸能人の頂点に君臨していた。俳優は映画会社の社員であり、トップともなればひと月分の給料で外車が買えた。真理恵が銀幕デビューを果たしたのもちょうどこの頃だ。

デビュー作はいきなり大ヒットを飛ばし、続く二作目三作目は更に興行収益を上げた。スターの条件は才能と運、そして縁だ。岸真理恵という新人はその三つ全てに恵まれた女優であり、トップ女優に駆け上がるのに三年とかからなかった。やがて映画会社は彼女の魅力を際立たせるために企画段階から作品を選び始めた。岸真理恵という女優を最も輝かせる脚本は何か。彼女を撮ることに長《た》けた監督は誰か。自《おの》ずと作品数は絞られ、岸真理恵主演映画は年一本となったが、これが観客の飢餓感を煽《あお》る結果となり、彼女の映画は正月映画として定着した。どんな役柄も見事にこなし、デビュー当時にアイドル扱いを受けた真理恵は、既に大女優の風格を纏《まと》っていた。彼女が笑えば観客は幸福感に包まれ、彼女が泣けば大の大人がもらい泣きした。彼女を想うあまりファンの自殺未遂事件まで発生する有様だった。

まさしく岸真理恵は日本映画界の女神だった。彼女の主演作は軒並みヒットし、彼女の注文に逆らえるプロデューサーも監督も俳優も存在しなかった。

少なくとも映画が斜陽産業に堕《お》ちるまでは。

やがてテレビの時代が到来し、映画は娯楽の王様の称号を奪われた。俳優たちは映画だけでは食っていけなくなり、活躍の場をテレビに移し始めた。日本映画の女神、岸真理恵も例外ではない。映画製作とは扱いの異なる現場で不本意ながら仕事を続け、時間に余裕がないことから満足のいく演技ができなくなり、加齢とともにオファーが減少した。

テレビ画面の中の真理恵は往年の美貌《びぼう》と演技力を放っている。我ながら美しいと思う。女神の称号は、やはり自分にこそ相応《ふさわ》しい。

テレビでの仕事を失うと、真理恵に舞い込んでくるのは映画の脇役しかなくなった。既に世代交代の波が押し寄せ、撮影所システムの崩壊とともに彼女の威光も次第に通用しなくなっていた。それでも岸真理恵の名声は生き続けているので出演料を他の俳優と同列にすることは業界の慣習として許されない。だが真理恵の高額なギャラはそのまま製作費を圧迫し、彼女自身の需要を減らす原因となった。

七十代半ばになると真理恵が映画やテレビに顔を出す機会はほぼ皆無となった。時折、テレビ局から出演依頼がくるが、内容は忘れられた芸能人の現状を面白おかしく紹介するというもので、つまりは視聴者の覗《のぞ》き見趣味と優越感を満足させるための下劣な番組だ。

幸い真理恵は浪費癖も投資欲もなく、おまけに生涯独身を貫いたので、稼いだカネは余生を送るのに充分以上残っている。今更人前に出ずとも安穏に暮らしていける。だが根っからの女優である岸真理恵は、そうした安穏を良しとしなかった。

真理恵が最近のドラマや映画を観ようとしないのは、出演している女優たちが一人残らず大根役者で見るに堪えないからだ。あれなら自分の方がはるかに上手く演じられる。若い娘や熟年女の役は無理だが、老婦人なら共演者全員に溜息《ためいき》を吐かせる自信がある。そもそも若いだけが取り柄の女優たちの中に飛び込めば、真理恵の演技力にスポットライトが当たるのは自明の理ではないか。

かくて真理恵は自宅で往年の主演作を反芻《はんすう》しながら老婦人のオファーを待ち続けるようになった。かつては日本映画界の女神とまで称されたのだ。才気迸《ほとばし》る新人監督や著名な大監督が岸真理恵の存在を忘れるはずがない。

だがオファーがこない代わりに別のものが真理恵の許《もと》を訪れた。

パーキンソン病だ。

ある朝、目覚めた時に指先が細かく震えていた。動かそうとすると震えは止まったが、以来安静にしているとしばしば震顫が起こるようになった。次いで全身の筋肉に異常が生じ始めた。機敏に動くことができなくなり、表情までが起伏に乏しくなった。筋肉の鈍麻は舌にも及び、明確な発音も困難になった。

悩んだ末に駆け込んだ病院でパーキンソン病の罹患《りかん》を告げられた。

「現在、パーキンソン病に対する根本的な治療法はありません」

真理恵は医師の声を遠くに聞いていた。

「運動症状を改善させる種々の薬物が開発・発見されていますが、多くは初期症状に有効であり、岸さんの場合はあまり効果が期待できません。それ以外の薬物には副作用が報告されており、やはり高齢でいらっしゃる岸さんに投与するには慎重を期す必要があります。いずれにしても早晩治癒できる病気ではなく、長期に亘《わた》る治療と薬剤投与を覚悟していただかなくてはなりません」

診断結果は想像だにしないものだった。長期に亘る治療と薬剤投与。金銭面での心配はない。

問題は真理恵が芸能界に復帰できるほどの症状の回復が見込めないことだった。

「でも先生、外国では同じパーキンソン病に罹《かか》ってもテレビに出演している俳優がいるじゃありませんか」

「マイケル・J・フォックスですね。彼のことはよく知っていますよ。わたしもファンでしたからね。彼の場合はあなたよりも早期に発見できました。若いからリハビリも薬剤投与も効果があったのでしょう。しかし彼とて完治には至っていない。未だに運動機能の一部に障害が認められます。そもそも病気の進行や回復には個人差があります。絶望はいけませんが、過度な期待もまた危険だと思いますよ」

それでも病名の告知から五年、真理恵は復帰を夢見て必死にリハビリと薬剤投与を続けた。だが症状は本人の願いを無視して進行していく。日常の動作は更に緩慢となり、表情はよほど意識しないと喜怒哀楽を出すのも難しくなった。倒れそうになった時の反射運動も鈍くなったので、転倒を避けるために一歩ずつ小刻みでないと歩けなくなった。

肉体的な障害よりも深刻だったのは精神的影響だ。機敏な動きができないのは仕方ないとしても、表情が乏しくなったのは女優として致命的だった。喜怒哀楽を自在に演じられなければただの人形に過ぎない。焦った真理恵は鏡の前で懸命に表情筋のリハビリを繰り返したが、表情は豊かになるどころか一層仮面のように動かなくなっていく。女優として崩落していくのを眺めているうち情緒不安定になり、記憶力が急激に衰え始めた。ともすれば幻聴さえ聞こえる。

「パーキンソン病は鬱《うつ》病と同じ症状を誘発することが多いのです。記憶力の衰えをはじめとした認知障害も視野に入れなければなりません」

リハビリと薬剤投与が続く毎日。それでも不安は日々増大していく。やがて自律神経も異常を来たしてきた。便秘、嘔吐《おうと》、流涎《りゅうぜん》などの症状が日常的に発現するようになり、ますます女優復帰への道が遠ざかっていく。

幻聴も日増しに悪化していく。

『日本アカデミーは日本映画界における長年の功績を称え、岸真理恵さんにアカデミー特別賞の授与を決定しました』

『急な話ですが、ハリウッドからオファーが舞い込みました。スティーブン・スピルバーグ監督直々の指名です』

もちろん、こうした多幸感をもたらす幻聴ばかりではない。

『岸真理恵さん。ずいぶん長い間、確定申告が滞っていますね。追徴課税で加算税が加わるので、期限までに納税できなければ屋敷を手放していただくことになります』

『岸真理恵？　知らないよ、そんな人。写真あるの。うーん、やっぱり知らない。何やってる人なの』

真理恵の精神は日に日に衰弱し、ふとした瞬間に自死を考えるようになった。

認知症対策のために真理恵が始めたことの一つにネット検索がある。始めてみると仮想空間の中に図書館や掲示板やパフォーマンスの場所がある。近年、新聞の購読者もテレビの視聴者も減る一方と聞いていたが合点がいった。こんなに手軽でコンテンツに溢《あふ》れたモノがあれば、旧来のメディアなど衰退して当然だろう。

試しに自分の名前を検索してみると、結構な数がヒットした。かつて出演した映画の本数に比例して名前が挙がっているらしい。往年のファンが呼応してコメントを上げてくれているのも嬉《うれ》しかった。

『岸真理恵は青春でした』

『最近の人は知らないかもしれないが、〈女神〉といえば岸真理恵を指していたんだよ』

『最近テレビにも出なくなったけど、今何をしてるんだろ』

一方でパーキンソン病についての知識を深めたくなり、関連するワードで手当たり次第に検索した。すると担当医が教えてくれた内容は、ほぼ現実に即したものであるのが分かった。

パーキンソン病の名称は一八一七年、ジェームズ・パーキンソンによって発表された由来で名付けられたこと。

日本では三百三十以上ある指定難病の一つに指定されていること。

原因として中脳黒質のドパミン神経細胞減少により、ドパミン不足とアセチルコリンの増加で線条体の機能がアンバランスになると考えられているが、原因はまだ解明されていないこと。

パーキンソン病に対する根本的な治療法はなく、日常生活の動作を向上させたり生命予後を延長し、運動症状や精神症状、自律神経症状などの非運動症状を改善させる治療に留まっていること。

進行すると、いずれはレボドパなる薬剤投与(現在、真理恵が投与している薬剤だ)が必須となるが、レボドパの長期服用は日内変動や運動合併症という副作用を引き起こすこと。

もちろん回復した事例も稀《まれ》にあるが、情報を知れば知るほど絶望と失意が深くなっていく。

知らぬが仏とはよく言ったものだと思う。パーキンソン病の実際も、世間が岸真理恵の存在を忘却していることも、知らないままでいたらずっと幸せだったのに。

以来己の知名度が気になってネットでエゴサーチを続けているうち、真理恵のダイレクトメールにちょくちょく同じ差出人から迷惑メールが届くようになった。

差出人の名称は〈ＪＫギルド〉とあった。ギルド（ｇｕｉｌｄ）は職業組合という意味だろうが、ＪＫが何の略称なのか分からない。メールの受信が続くと好奇心が募り、ある時、とうとうメールを開いてみた。

『はじめまして。ＪＫギルドというものです。ひょっとしたら難病でお困りではありませんか？　ご相談次第では、あなたの苦痛と苦悩を和らげることができるかもしれません』

何かのインチキ商法かと最初は警戒心を全開にしていたが、続く内容を読んでいるとまるで真理恵がパーキンソン病であるのを知っているかのような記述が随所に見られる。巷《ちまた》に溢れるインチキ商法の呼び込みは甘言で埋め尽くされているのに対し、件《くだん》のＪＫギルドはパーキンソン病の治癒の困難さや具体的な症状に言及していて容赦ない。

一度メールを開くと、今度は次々と新しい内容が届くようになった。

『パーキンソン病に根本的な治療法は存在しません。しかし苦痛を取り除くことは可能です』

『わたしの行動は非合法と誹《そし》られることがあります。しかし非合法であっても非道徳ではありません』

『わたしの話を聞くだけ聞いていただけませんでしょうか。その上であなたの人生に不要な選択と分かれば、直ちに今までのメールを削除すればいいのですから』

好奇心が抑えきれなくなり、思いきって返信してみた。自分の置かれた状況と病状を紹介する程度なら大ごとになるまいと考えていた。だが返ってきたのは真理恵の心情を思いやり、飾り気なく慰撫《いぶ》してくれる言葉だった。

『心中お察しします。今までよく頑張ってこられましたね。あなたの自制心と忍耐力に敬服します』

『あなたの文章からは知的で華麗な佇《たたず》まいが見受けられます。まるで貴族のような。もしや名のある女優さんなのでしょうか』

『女優さんだとしたら一般人よりもパーキンソン病はより深刻な事態を招いていると存じます。動けない、表情が変えられないというのは女優さんにとっては死刑宣告に等しいものでしょう。そんな状況であっても、あなたの文章からは克己心や不屈の魂が感じられます。本当に、何というお人でしょうか』

単純でも他意のない言葉は胸に届く。真理恵は自分の名前を明かし、最近では自死まで考えていることを正直に書き綴《つづ》った。

現状は精神的にも肉体的にも地獄のようなものだ。一日として痛みや失意を覚えない日はなく、このままではいずれ自分は一歩も動けなくなり、顔は仮面を被《かぶ》ったまま人形のように息絶えるだろう。一人暮らしだから死体が見つかるのも数日後になる。かつて女神とまで称された岸真理恵が最後に晒す姿がそんな有様では死ぬに死ねない。しかし自殺するのは苦しそうだし、その勇気もない。いったい自分はどうしたらいいのだろうか。

明け透けに心情を吐露できたのは相手の顔も素性も全く知れなかったからだ。仮想空間でのやり取りには現実味がなく、半ばゲームのような感覚が支配していた。しかし言い換えれば半分は現実感覚も残存する。解決方法は皆無だが、他人に打ち明けることで懊悩《おうのう》は少しだけ減衰する。それで充分ではないかと思った。

あの返信を受け取るまでは。

『安楽死というものをご存じですか?』

真理恵のように不治の病を抱えている人間で安楽死という言葉を知らぬ者はいないだろう。禁断の、そして魅惑的な文章が続く。

『少し前に〈ドクター・デス〉を名乗る医療従事者が安楽死を望む患者さんに安らかな死を提供していた事件がありました。わたしの仕事はそれを受け継いだものです。非合法であっても非道徳ではないという意味が納得いただけるでしょうか』

安楽死事件に関しては真理恵も多大な関心をもって事件の推移を見守っていた。法律上はどうあれ、安楽死を望んだ彼らの気持ちは痛いほど分かる。だからドクター・デスに対してもさほどの悪印象は持っていない。

『眠るような死、というのは現実的に可能です。それこそ苦痛に顔が歪《ゆが》んだり、身体が捩《ねじ》れた状態で発見されたりということも起こりません。生前に苦難の道を歩んだ人こそ安寧な死を迎えるべきだと考えるのです。人には、それぞれに相応しい死があるのです』

相応しい死、という言葉は真理恵の気持ちを大きく惹《ひ》きつけた。

岸真理恵に相応しい死。女神に相応しい死。

このままリハビリと薬剤投与を続けても芸能界に復帰できる可能性はほとんどない。パーキンソン病が進行すれば今よりもっと哀れな姿となり果て、不本意且つ醜い屍を晒すことになるかもしれない。

岸真理恵には全く相応しくない死に方だ。

『詳細を教えてください』

取り敢《あ》えず話だけでも、という気持ちだったが、聞く気になった時点で既に心は大きく傾いていた。

安楽死に至る方法とその効能。死後の状態。そして費用の総額。

費用総額は二百万円とのことだった。二百万円という金額は果たして高いのか安いのか見当もつかないが、そもそも安楽死の費用に相場があるとも思えない。ただその程度のカネで安寧が得られるのなら安いものだ。

『説明は以上です』

逡巡《しゅんじゅん》はほんの数秒だった。

『費用はどうやってお支払いすればいいのでしょうか』

すると、安楽死を決行する日時の候補を挙げてくれと返信があった。いくつかの候補日のうち、先方の都合のいい日と合わせてくるつもりらしい。

『あなたにも色々と準備がおありでしょう』

なるほど身辺の整理や死に化粧の時間を与えてくれるという訳か。どこか手慣れた対応で不信感は払拭《ふっしょく》された。

『費用は現金でご用意ください。尚《なお》、わたしとの交信記録の一切は完全に抹消してください。端末ごと処分していただければありがたいですね』

真理恵に拒否する理由は何もなかった。

2

往年の大女優、岸真理恵の亡骸《なきがら》が自宅で発見されたのは三月三十日午前九時のことだった。契約していた家事代行サービスの蒲倉峰子《かまくらみねこ》が訪問したところ玄関の鍵《かぎ》が開錠されたままになっており、不注意だなと思いながら家の中に入り彼女が事切れているのを見つけたのだ。蒲倉峰子は直ちに真理恵の主治医と教えられていた、世田谷《せたがや》総合病院の三船《みふね》医師に連絡する。

急遽《きゆうきよ》駆けつけた三船医師は真理恵の脈拍停止と瞳孔《どうこう》散大を確認、身体には傷一つなく、乱暴された形跡も見当たらなかった。真理恵が後期高齢者ということもあり発見時には自然死と判断しかけた時、腹の上に忍ばせてあった手書きの遺書によって事態が一変した。

『女優だからこそ老醜や衰弱した姿は決して見せたくありません。今まで幾度となくカメラの前に立ってきましたが、その時々でわたしはわたしの最高をお見せしてきたつもりです。そして臨終の際も、わたしにとってはリハーサルなしの最後のカットなのです』

続く文言は明らかに自殺を示唆する内容であったため、三船医師は成城《せいじよう》署に通報、ほどなくして成城署の強行犯係と鑑識係、加えて機捜（機動捜査隊）が到着。遺書の後半部分から殺人の可能性ありと判断され、警視庁捜査一課の庶務担当管理官が臨場した。

遺書の後半部分は以下のとおりだ。

『わたしは自らの意思で安楽死を選択しました。これもＪＫギルドさんと知り合えたお蔭《かげ》です。

わたしの処置はその人にお願いしようと思います。きっとうまくやってくれるでしょう』

折しも十五日に安楽死事件が発覚していたことから庶務担当管理官は二つの事件について関連を疑い、麻生班を専従とする捜査本部に出動を要請した。

犬養と明日香をはじめとした麻生班が到着すると、はや現場には御厨が到着していた。

岸真理恵の死体はベッドの上に仰臥《ぎょうが》位のまま横たわっている。よく見れば敷きパッドとシーツ類は全て剝《は》がされており、これらは鑑識が押収したものだろう。

警察官になる以前は俳優養成所に通っていたくらいなので、犬養も岸真理恵の名前くらいは知っていた。昭和を代表する名女優、日本映画界の女神とまで謳われ、晩年はさすがに出演作が減ったものの、脇に回ってもその存在感はいささかも揺るがなかった。

犬養は真理恵の死に顔を覗き込んで感心する。老いたりといえどかつての名花は健在で、死に顔すら映画のひとコマに見える。もちろん入念なメイクアップのお蔭なのだが、もしパーキンソン病患者の真理恵自らがメイクをしたとしたら、大変な時間と労力をかけたに違いなかった。

「岸真理恵の映画は結構観た」

犬養が問い掛ける前に、御厨はぽつりと洩らした。

「名前で観客を映画館に呼べた最後の女優だろうな。まさか自分が彼女の検視をするなんて想像もしなかった」

「御厨検視官も岸真理恵のファンでしたか」

「ファンと言えるほど大層なもんじゃない。しかし大作映画にはちょいちょい出ていただろう。

ＣＭにはあまり出ていなかったと思うが、誰しもが認める大女優だ。そんな大女優でもいつかは老いさらばえてしまう。彼女の死に顔が穏やかなのは、せめてもの救いだな」

犬養は御厨の言葉にわずかな感傷を聞き取る。熱心な映画ファンでもなさそうな御厨にして感慨深げな台詞《せりふ》を吐かせる。岸真理恵の死が報じられたらおそらく日本中に哀悼の気持ちが広がる。しかし彼女の死が第三者による安楽死であると知れたら、その空気も一変するに違いない。

「外傷は全く見当たらず。パーキンソン病の既往症があると主治医から聞いているが心囊穿刺《しんのうせんし》、胸腔《きょうくう》穿刺、腹腔《ふっくう》穿刺を行った。急性大動脈解離や肺動脈血栓塞栓《そくせん》症の特徴は認められず、外見上は高カリウム血症による心停止。だが血液サンプルを採取すると、やはりカリウム濃度が異常値を示した。どうやら遺書の内容は本当らしい」

「岸真理恵本人が嘱託殺人を擬装した可能性もゼロじゃありませんからね」

「遺書によれば自分の臨終まで演出しようって人だからな。疑うに越したことはない」

「遺書の筆跡は本人のもので間違いありませんか」

「鑑識の話では、キッチンにあったメモの筆跡と一致したらしい。詳細はあっちに訊《き》け」

「死亡推定時刻は」

「死後硬直が解け始めているから二十四時間以上は経過しているとみていい。詳細は胃の内容物の消化具合を調べたいところだが、二十八日から二十九日のうちに死亡したと考えていい」

岸真理恵は生涯独身を貫き、肉親と呼べる者はほとんどいないというのが巷説《こうせつ》だ。司法解剖を終えた遺体はいったい誰が引き取るのか。まだ彼女にマネージャーがついていればいいのだがと、犬養は珍しく死体の扱いに気を回す。

現場で動き回っていた常滑を捕まえた。

「遺書があったんですって」

「ええ。腹の上に両手で抑えるように。シーツに隠れて見えなかったのですが、駆けつけた主治医がシーツを捲《めく》ったので発見できました」

「仮に、岸真理恵に塩化カリウム製剤を投与した人間がいたとして、そいつからは見えなかった訳か」

「遺書を読めば色々と納得できる箇所があります」

常滑はポリ袋を取り出した。中には遺書らしき紙片が入っている。犬養は手袋を嵌《は》めた手でそっと中身を取り出す。『女優だからこそ』から始まる文章の端々からは日本映画界を牽引《けんいん》してきた大女優の矜持《きょうじ》と悲哀が同時に浮かんでくる。一時は俳優を目指していた犬養は自らの臨終まで演出しようとした岸真理恵の女優魂に感嘆するが、刑事としては中の一文に目を奪われた。『これもJKギルドさんと知り合えたお蔭です。』

JKギルド。

二つ目の事件でようやく犯人らしき人物の名前が浮上したか。

「変な名前ですね」

犬養の肩越しに遺書を覗き込んでいた明日香は腑《ふ》に落ちない様子だった。

「今どき、JKって女子高生の意味ですよ。ギルドは商工業者の間で結成された各種の職業別組合でした。でもそれだと女子高生組合なんて意味になってしまいます」

明日香の疑問を聞き流し、犬養は常滑と話を続ける。

「筆跡は本人のものだったんですよね」

「パーキンソン病が進行する中、放っておけばキーも打てなくなります。おそらくリハビリを兼ねて可能な限り指先を動かそうとしたのでしょう。被害者は必要な日用品をいちいちメモに書き出していました」

常滑は遺書に書かれた文字の一つを指す。

「『安楽死を選択』の『選』という字ですが、途中で直線が曲がり始め、次の一画では元に戻っています。書いている最中に指が震え出したのでいったん書くのを止め、震えが収まるのを待って再開したのでしょう。キッチンにあったメモにも同様の書体が散見できます」

本来の書き癖ではなく突発的に変化する筆跡では偽造も困難だろう。遺書が真書であるのはまず間違いない。

「安楽死を請け負った犯人なら、目の前で自分の名前を書かれるのは絶対に阻止するでしょうね」

「はい。従ってこの遺書はJKギルドなる者が安楽死の施術をする前に被害者自身が認《したた》め、シーツの下に潜めていたものでしょう」

犬養と常滑の話を聞いていた明日香が割り込んでくる。

「岸さんとJKギルドの間に信頼関係は築けてなかったということですか。自分を安楽死させようという相手なのに」

「信頼関係云々《うんぬん》の話じゃない。岸真理恵は自分が安楽死を選んだという事実を観客に知ってほしかったんだ」

犬養の解釈に明日香はきょとんとする。

「自分は死の瞬間まで女優なんだと胸を張りたかっただけだ。犯人の名前を書いたことにも、おそらく告発の意図はない。文面からはＪＫギルドへの感謝と信頼が窺《うかが》える。言い換えるなら、自分に安楽死をもたらしてくれる者を後ろ暗い存在だとは認識していなかったのさ」

「……一般ピープルのわたしには、岸さんの心理がちょっと理解できません。それに、その解釈はあくまで犬養さんの解釈ですよね」

「日本映画界の女神とまで謳われた人だ。女神さまの考えを一般人が理解するのは困難だぞ」

いっときでも俳優を目指していた者なら、最後の瞬間まで輝いていたかった岸真理恵の気持ちは痛いほど理解できるだろう。真理恵本人が語らずとも、この状況を考えれば犬養の解釈が一番妥当に思える。

「遺書にあるＪＫギルドの遺留品らしきものはありそうですが」

「早々と見つかったのはスリッパの跡ですよ」

常滑は忌々しそうだった。

「長山家の場合と一緒です。岸真理恵や家事代行サービスの女性のものとは明らかに異なる不明毛髪とスリッパの下足痕《げそこん》。まだ照合していませんが、おそらく長山家で採取されたものと同一でしょう」

二つの現場から採取された物的証拠が一致すれば事件の連続性が確定する。ＪＫギルドこそ二人目のドクター・デスだと照準を定められる。

ただし照準が定まったところで容疑者を絞り込めるかどうかは甚だ疑問だ。不明毛髪のDNA型は未だ解析中との報告を受けているが、警察庁のデータベースにヒットする確率は高いと思えず、せめて岸宅からは新しい遺留品が欲しいところだ。

「せめて犯人の姿なり把握できればいいんですがね」

「犬養さんのことだから、ここに来る道すがら防犯カメラの設置状況は確認しているでしょう」

岸真理恵の邸宅は成城六丁目の一角にあった。この辺りは地盤が強固なことから大正から戦後にかけて多くの著名人や富裕層が移り住み、都内屈指の高級住宅街として名を成している。大女優岸真理恵が晩年を過ごすのに、これほど相応しい場所はあるまい。

二〇〇五年十一月、成城署は事件があった場合に防犯カメラの映像を提出してくれるよう一般家庭や事業所に協力を呼びかけた。これが功を奏して成城署管内だけで二百二カ所四百五台の防犯カメラが設置され、翌年には管内の刑法犯罪が十一パーセント減少した。所謂《いわゆる》〈成城方式〉と呼ばれるものだが、住民の多くが資産家なので警察の要望如何《いかん》に拘《かか》わらず防犯カメラを設置している。岸真理恵宅も例外ではなく、玄関先にははっきりそれと分かるカメラが訪問者に向けられていた。

「玄関先に設置された防犯カメラは早速押収しました。しかし一部再生したところ、二十八日で映像が切れています。マニュアル操作できるタイプで、おそらくは被害者本人が切ったものでしょうね」

これまでの経緯からJKギルドなる者が慎重に事を進めているのは分かっている。自宅設置の防犯カメラを切らせたのも犯人の指示と考えてよさそうだ。

「自宅の防犯カメラが無理なら近隣に協力を仰ぐしかありません」

常滑は当然のように言うが、成果が得られると期待している顔ではない。無理もない。長山家の事件でも近隣や往来に設置された防犯カメラを片っ端から解析したが、今に至っても不審な人物は浮上していない。今回も望み薄だと考えているのだろう。

次に犬養は別室に待たせていた家事代行サービスの蒲倉峰子と三船医師に会う。家族を持たなかった岸真理恵と一番多く接触していたのは、峰子のはずだった。

「我が社の家事代行サービスにはいくつかのコースがあるんです」

峰子の証言は自社の商品説明から始まった。

「サービスの内容は掃除・洗濯・キッチン・その他。その他というのは買い物とか布団干しとかゴミの分別ですね。介護・看護とベビーシッターはお断りしています。資格取得者が少ないので、会員様のご要望に対処しきれないからです」

「文字通り家事のみの代行なんですね」

「はい。それらの各種サービスの組み合わせで四通り。これに家族構成と利用サイクルと利用期間が関わってくるので、全部で三十コースがあるんです。岸さんの場合は掃除・洗濯・ゴミ分別のサービスを二日に一回という内容でした。利用期間は一年間、問題が生じなければ自動延長という契約です」

「二日に一度。すると前回は二十八日だったんですね」

「はい。午前九時からお昼休憩を挟んで午後三時まで。昼食はわたしだけ外食することもあれば岸さんと一緒に食べることもあります。二十八日は外食でした」

「その際、岸さんにいつもと違った様子はありませんでしたか」

峰子は当時を思い出すかのように宙空に視線をやる。

「特に変わった点はなかったように思います。いつものように最近のニュースや昔ご自分と共演された俳優さんの話に付き合いながら家事をこなして」

「話しながら、ですか」

「本音を言えば家事に専念したいんですけど、話し掛けてくるのを無視するわけにもいきませんし。何でもパーキンソン病を患っていると鬱を併発するので話し相手になってほしいと岸さんにも頼まれて。正直、岸さんと共演した俳優さんって昭和に活躍したような人ばかりで、あんまりよく知らないんです。それでも話を合わせて適当に相槌《あいづち》を打っていれば岸さんは満足されていたみたいです」

犬養の胸が微《かす》かに重くなる。峰子が適当に調子を合わせていたのを真理恵は気づいていたのではないか。そして気づかぬふりをしていたのではないか。

「二十八日も午後三時に仕事が終わったんですね」

「はい。それで今朝の九時に伺ったら玄関ドアに鍵が掛かってなかったんです。おかしいと思いながら玄関に入ると、脇の宅配ボックスに二食分の宅配弁当が手つかずのまま入っていました。そしてベッドで岸さんが息をしていないのを知ったんです」

安楽死を請け負ったとされるJKギルドと岸真理恵の接点はどこにあったのか。依頼内容から察するにネットを通じての接触であったことは容易に想像できる。峰子の証言によれば、従来から真理恵はスマートフォンよりも軽量のノートパソコンを愛用していたらしい。ところが、そのパソコンがどこを探しても見当たらない。

「岸さんは、いつもキッチンテーブルの隅にパソコンを置いてました。二十八日に伺った際には、ちゃんとあったのを記憶しています」

　峰子の証言に従って捜査員がテーブル周りをはじめキッチンや寝室を捜索したが、結局お目当てのものは見つからなかったのだ。犬養たちは真理恵あるいは犯人が端末を処分したに違いないとの結論に達した。それは取りも直さず、端末に真理恵とＪＫギルドなる者との交信記録が残っている可能性が大であることを示唆している。

「今は簡単スマホとかコンパクトで便利なモノがあるんですよって紹介したんだけど、岸さん、自分は指先が不安だからキーの大きいパソコンの方が安心できるって」

「真理恵さんがパソコンを処分したというのは考え難いです」

　それまで黙っていた明日香が口を挟んだ。

「パソコン端末を処分しようとしたら、まず受付センターに電話して回収にいくら必要か、回収日はいつになるかを確認した上で、納付券を購入しなければなりません。もちろんゴミに出す前にハードディスクを修復不可能なまで破壊する必要もあります。鬱陶しい作業が山積みです。そんな作業を、今までゴミの分別すら家事代行サービスに頼りきっていた真理恵さんに可能だとは思えないんです」

　明日香の指摘はもっともであり、犬養にも異議はない。この場合、真理恵本人の承諾があろうがなかろうが、犯人が現場から持ち去ったという解釈が一番しっくりくる。

「粗大ゴミの置き場所にも、パソコンらしきものは見た憶《おぼ》えがありません」

「パソコンはどれくらいの大きさだったんですか」

「十三インチくらいだったと記憶しています」

一般に十三インチクラスのパソコンは軽量で携帯性に優れたものが多い。重さは１・０kg～１・２kgといったところか。いずれにしても小脇に抱えて持ち出すというのも考え難く、屋敷の中に残骸《ざんがい》すら見当たらない以上、バッグやカバンの中に潜ませて出ていったと解釈するのが妥当だろう。そもそも安楽死に必要な器材や薬剤を忍ばせたカバンを携えていただろうから、ひと仕事終えて撤収する際にパソコンも持ち帰ったと考えて間違いない。言い換えれば防犯カメラを解析する際、バッグやカバンを携えた人物が捜査対象になる。ただしパソコンに保存されていたであろう情報や交信記録の復元は諦《あきら》めざるを得ない。今頃、ハードディスクは犯人の手によって完璧《かんぺき》に粉砕されているだろう。

「それにしてもＪＫっていったい何の略称なんでしょうか」

未だに明日香が拘泥しているようなので、犬養は己の推論を吐露する。

「おそらく自分は正統な後継者だと主張しているつもりなんだろう」

「何の後継者ですか」

「初代ドクター・デス、ジャック・ケヴォーキアン（ＪＫ）だ」

「じゃあギルドというのは」

「仮にギルドが職業別組合の意味なら、犯人は一人とは限らないことになる」

長山瑞穂の事件の際、安楽死の報酬二百万円は現金での受け渡しと思われている。ＪＫギルドは金銭授受の記録がデータに残るのを極力回避しているようなので、おそらく岸真理恵からも報酬を現金で受け取っているに違いない。岸真理恵ともなれば二百万円程度のカネはどうにでもなるだろうが、問題は本人がどうやって調達したかだ。

だが、この疑問は峰子の証言で呆気《あっけ》なく氷解した。

「岸さん、二十八日に一度外出しているんです。わたしが掃除している最中に留守番をお願いされましたから。ＡＴＭで出金してくるって、ちゃんと本人から聞いています」

家宅捜索で見つかった預金通帳を開くと、確かに二十八日付けで二百万円の出金が記録されている。これで現金授受から手掛かりを得る手段は潰《つい》えた。窓口からの出金となれば帯封が発生するし、運が良ければ札の記番号が控えられるかもしれない。しかしＡＴＭ出金ではお手上げだ。最近では紙幣鑑別と紙幣記番号認識機能を搭載した大容量タイプの新型紙幣出金ユニットが開発されているがもっぱら中国への輸出用であり、真理恵が預金している銀行では採用されていない。

一方、成城署の捜査員たちは近隣の訊き込みに奔走《ほんそう》していた。女優岸真理恵の死は早くも近隣に知れ渡っており、住民も概《おおむ》ね協力的だった。

「朝から警察車両が停まってたので事件だというのは薄々知っていましたけど……不審な人間が通らなかったかって？　昔ならともかく、この辺りはホントに治安が良くってねえ。逆に風体の怪しい人はすぐに目立っちゃいますよ。そういう人は見かけませんでした」

「わたし、以前から岸真理恵さんの大ファンでしてね。ご近所にあの人が住んでいるというのは誇りというか、岸真理恵さんみたいな人が住んでいるからさすがは成城なんだなと。ただ岸さんはあまりご近所付き合いがなくて、あの人と懇意にしていた住民はいないんじゃないでしょうか。家を訪ねてくる知り合いも滅多にいなくて、最近だと家事代行サービスの女の人が出入りするだけでしたよ」

「岸さんのお宅はお食事にしても何にしても全部宅配だったみたいです。ええ、日用品から飲料水に至るまで。それだけ宅配に頼っていたら、そりゃあ外出する機会は減りますよね。不審な人物ですか。いやあ、見かけませんね」

「岸真理恵さんね。八十を過ぎてもお美しくって。最近じゃあ滅多に外出もしないから、余計神秘的な存在になっちゃって。でも訪ねてくるお客さんは本当にいなかったんですよ。二日前ですか。いいえ、そんな人はいませんでしたねえ」

「平和な街なんですよ、ここって。ほとんどの家庭に防犯カメラが設置されているでしょ。泥棒にしてみたらカメラがずらっと並んでいる前で盗みを犯すようなものですからハードル高いですよ。よっぽど肝が据わってなきゃできませんって。だからでしょうね、ここに移り住んで何年も経つけど、不審者なんて見たことがありません」

近隣住民からの証言はどれも似たり寄ったりで、ここ数日間で不審な者を目撃したという話は遂に拾えなかった。

目撃情報は得られなかったが、訊き込みに応じた近隣住民からは洩れなく防犯カメラのデータが提出された。ほぼ全家庭が防犯カメラを設置しているため、特定の対象者をシームレスで追跡することができる。

鑑識は数人がかりで不審者の絞り込みに専念したらしい。ところが結果はまるで捗々《はかばか》しくなかった。

本来は顔認証システムで対象者を特定し、大勢の通行人の中から検索して追跡する。対象者を特定せずとも、下見をしたり不自然な動線で行動したりする人物を抽出して同様に追跡することも可能だ。だが集められた膨大な映像を解析しても不審な動きを見せる人物は一人も抽出できない。通行人のほとんどは近隣住民か郵便配達員であり、たまに動線が不規則な者が抽出されると配達先を確認している宅配業者だった。

結局、防犯カメラからも有力な手掛かりは得られず、捜査本部には暗澹《あんたん》たる空気が漂い始めた。連続した事件で犯人は同一人物と見当がついているにも拘わらず、手掛かりがあまりに少な過ぎる。犯人を特定できそうな物的証拠は不明毛髪だけで目撃証言は皆無、しかも報酬目的であるために動機から容疑者を絞り込むこともできない。

真理恵の死体は前回と同じく蔵間准教授によって司法解剖に付された。報告書は昨日捜査本部に届けられたものの、特筆すべき点は何もない。死因は御厨の見立て通り心筋マヒによる心停止だが、その血液からは異常なまでのカリウム濃度とチオペンタールの投与が認められている。何から何まで長山瑞穂の解剖報告書と同じで、二つを読み比べても際立った相違点がない。

捜査員たちが苛立《いらだ》ちを見せる中、麻生はよく持ち堪《こた》えている方だった。村瀬管理官や津村課長から幾度となく捜査の進捗《しんちょく》状況を報告させられているはずだが、多方面からのプレッシャーを面に出すまいと努めている。ただし長らくこの男の下で働いている犬養には麻生の焦燥と困惑が手に取るように分かる。初動捜査の段階でこの体たらくでは、早期解決どころか迷宮入りする惧《おそ》れすらある。

「前回のドクター・デスの時は、遺族が犯人の顔を目撃していたからまだよかった」

麻生は犬養にだけ愚痴を垂れる。信頼されているからだと分かっていても、上司の不平不満を聞かされる方は堪《たま》ったものではない。

「ところが今回は被害者が一人でいるところを狙ってきている。周到さは前回以上だ」

「安楽死を依頼する側が協力的でなければ、そうした情報を得るのも困難でしょう。同じですよ。被害者側が共犯になって犯人を護《まも》っている」

被害者不在という最大の特徴が今回も幅を利かせていた。長山家の場合でさえがそうだ。遺族の富秋と亜以子は瑞穂の選択を悲しみながらも否定せず、犯人を憎んでもいない。岸真理恵に至っては遺族すら存在しない。捜査員のモチベーション不足も然《さ》ることながら、まるで暗闇の中に球を放り投げているような虚《むな》しさが捜査本部に蔓延《まんえん》している。

更に岸真理恵の事件には著名人ならではの特殊条件も作用した。

3

岸真理恵の事件は否応なくマスコミと世間の耳目を集めた。去る者は日々に疎し。一般市民の死亡事件は三日で忘れ去られるが、著名人分けても俳優・女優の死はひと月以上も賞味期限が続く。有名とは、つまりそういうことだ。

彼女はどういう状況で死んでいたのか。自殺か他殺か。何故死なねばならなかったのか。有名女優の訃報《ふほう》は政治経済のトピックスよりも注目を浴びる。視聴率は上がり販売部数は伸び、アクセス数は天井知らずだ。

どこでどんな事件が発生したのかは警察が記者クラブに一報を入れることで初めてニュースになる。ところが会見場所に指定されたのが警視庁だったことが記者たちに疑念を生じさせた。岸真理恵の住所が成城にあるのは周知の事実だが、彼女の死が自然死や病死であれば会見場所は成城署内になるはずではないか。

警視庁が会見に臨む以上、岸真理恵の死には事件性が疑われているに違いない。記者クラブの面々は一様に緊張して会見場に集まっていた。

登壇した村瀬はいつものように無表情だった。会見の様子をモニター越しに見ていた犬養は安堵《あんど》する。少なくとも現段階で岸真理恵の死が新たなるドクター・デスによる第二の犯行と知られるのはまずい。捜査が暗礁に乗り上げつつある今、安楽死についての是非が再燃しては捜査の雑音になりかねないからだ。

『三月三十日、岸真理恵さんが自宅で死亡しているのが発見されました。只今《ただいま》、死因究明のために捜査を進めています』

村瀬の説明は第一発見者が家事代行サービスの女性だったこと、岸真理恵が以前よりパーキンソン病に苦しめられ自宅療養を余儀なくされていたことなどが纏められていた。淡々とした口調は疑義を差し挟む余地を与えない。元より家族が不在であるため、たとえ病死の疑いが濃厚であっても捜査する必要があるのだと印象づけられる。

『真理恵さんには相当な資産があると聞いていますが、事件とは関係ありませんか』

『現時点では関係ないと考えています』

『亡くなった時の状況をもう少し詳しく説明してください』

『検視の所見は心不全と思《おぼ》しき状態でした。現在は解剖報告書待ちの段階です』

司法解剖なのか行政解剖なのかを明言しないのはいささか苦しいが、その点に着目した記者はいないようだった。村瀬の対応から不審死を疑う空気が減衰されていく。

ところがこの流れに抗《あらが》う質問が飛んできた。

『岸さんは本当に病死だったのでしょうか』

『現在、死因は究明中といったはずですが』

『しかしウチが関係者から入手した情報によると、現場からは遺書らしきものが発見されたということじゃないですか』

その途端、記者たちの間からざわめきが起きた。

件の記者の質問が続く。いや、これは既に質問ではなく詰問に類するものだ。それまで無表情だった村瀬の眉間《みけん》に皺《しわ》が刻まれる。

『社名とあなたのお名前を』

『東亜日報の木津《きづ》です。情報によれば、岸さんはシーツの下に遺書を挟んでいました。違いますか』

村瀬は仏頂面のまま答える。

『捜査情報に関する事項はまだ公表できません』

『社が入手した遺書の一部抜粋はこうです。「女優だからこそ老醜や衰弱した姿は決して見せたくありません。今まで幾度となくカメラの前に立ってきましたが、その時々でわたしはわたしの最高をお見せしてきたつもりです。そして臨終の際も、わたしにとってはリハーサルなしの最後のカットなのです』

モニターの前に陣取っていた犬養は思わず腰を浮かしかけた。記者が諳《そら》んじた文章は遺書に記された内容と同一だ。つまり岸真理恵の遺書の写しを入手していることになる。

『問題はこの後の記述です。「わたしは自らの意思で安楽死を選択しました。これもＪＫギルドさんと知り合えたお蔭です。わたしの処置はその人にお願いしようと思います。きっとうまくやってくれるでしょう」』

会見場のざわめきが更に大きくなる。

『村瀬管理官、今の話は本当ですか』

『何故、東亜日報だけがそのネタを摑《つか》んでるんですか』

『答えてください、管理官。これこそ国民が知る権利ですよ』

『遺書の中に出ているＪＫギルドというのは何者なんですか。まさか、あのドクター・デスの模倣犯か何かですか』

駄目だ、記者たちの質問を止めさせろ。

犬養は画面に向かって叫び出しそうになる。

不意に岸真理恵の面影が浮かぶ。犬養が幾度も目にした映画のポスターで岸真理恵が艶然《えんぜん》と笑う。銀幕の中央が自分の立ち位置と信じており、脇に回れば強引にスポットライトを自分に向けさせた。そんな女優が、自身最後の主演作を凡庸に済まそうとするはずがないではないか。遺書がどんなかたちでリークされたかは定かでないが、そこに岸真理恵の遺志が働いているのは容易に想像できる。

記者たちに詰め寄られた村瀬は、しかし顔色一つ変えなかった。

『捜査情報に関する質問には答えられません。他になければ会見を終わります』

発言権を得ようと挙げられた無数の手を無視して、村瀬は席を立つ。捜査会議の席上では嫌みなほどの鉄仮面ぶりがこれほど頼もしく思えたことはない。

『警察は我々マスコミの質問に答える義務がありますよ』

イタチの最後っ屁《ぺ》よろしく放たれた質問にも、村瀬は唇の端を歪めただけだった。

会見における村瀬の態度こそ天晴《あっぱれ》だったものの、遺書の存在が明らかになったのはいただけない。会見終了直後、犬養と明日香は麻生に呼ばれた。説明されずとも呼ばれた用件は分かっている。

「管理官が怒髪天を衝《つ》く勢いで怒っている」

麻生は古めかしい言い回しを使ったが、あの鉄仮面が怒り狂う姿なら一度くらいは見ておきたいと思わなくもない。

「岸真理恵の遺書は捜査本部が厳重に保管している。情報がどんな経緯で東亜日報に漏洩《ろうえい》したのか徹底的に洗い出せとの指示だ」

麻生は疲労の色を隠せないでいる。二つ目の事件が発生したにも拘わらずこれといった手掛かりは得られず、面倒な雑務だけが増えていく。捜査の専従を任された班長としては最悪の状況に違いない。

「容疑者の動向を探るために捜査本部が意図的に捜査情報をリークすることがある。しかし今回は違う。岸真理恵の遺書が存在するのを公表して有利なことは一つもない。理由は分かるな」

「安楽死について肯定的な見方が世間に広まるのは、捜査本部にとって望ましいことじゃないからです」

「そうだ。安楽死なんて言い方をしているが、実情は自殺幇助《ほうじょ》に他ならない。安楽死が肯定されるに従ってドクター・デスの模倣犯が雨後の筍《たけのこ》のように増える惧れがある」

模倣犯の増加は捜査員の手を徒《いたずら》に煩わせるだけではなく、社会秩序の安寧を阻害する。司法機関にとっては是が非でも避けたい事態だ。

捜査本部としてはＪＫギルドなる者の追跡に捜査員を割きたい。それには雑用を手早く処理してしまうに限る。

「漏洩かどうかはともかく、遺書の内容が外部に出た事情は大体想像がつきます」

犬養が言うと、明日香と麻生は少なからず驚いたようだった。

「まだ東亜日報に何の探りも入れてないだろう」

「リークしたのは十中八九、岸真理恵本人ですよ」

「本人はとっくに死んでいる」

「ええ。だから死ぬ前にリークしたんですよ」

麻生は困惑顔になる。

「お前の言うことが理解できない」

「日本映画界の女神と謳われ、行住坐臥《ざが》全てにスポットライトが当たっていたような女性です。前に高千穂にも言いましたが、彼女に一般人の心情を当てはめること自体に無理があるんですよ」

「自信満々みたいだが、裏は取れるのか」

「今から、その心当たりを訪ねるつもりです」

犬養と明日香が訪れたのは六本木《ろっぽんぎ》に事務所を構える芸能プロダクション〈ライジングエージェンシー〉だった。社屋の前に立った時、明日香は不思議そうに尋ねてきた。

「犬養さんは岸真理恵のファンだったんですか。どうして彼女の所属する芸能プロダクションなんて知っているんですか」

「タレメっていう便利なものを知らないのか」

犬養はスマートフォンを取り出し、『タレメcasting』のサイトを開いてみせる。書籍の『日本タレント名鑑』が紙面の都合で一万件前後の掲載数であるのに対し、『タレメcasting』では二万五千件以上のタレントプロフィールが確認できる。「岸真理恵」の項目にはプロフィールと主な主演作品の他、所属プロダクションが明記されている。

「……今回の捜査で初めて開いたサイトじゃないですよね」

「それがどうした」

「刑事になる前、タレント目指していたってホントだったんですね」

正しくは俳優を志望していたのだが、面倒臭いので訂正もしなかった。

受付で来意を告げると応接室に通された。十分ほど待っていると、いかにも営業マンといった風采《ふうさい》の中年男が現れた。

「お待たせして申し訳ございません。岸真理恵のマネージャーをしております奈良崎《ならさき》と申します」

自己紹介が過去形でなかったことに好感を持った。

「岸真理恵の件でご迷惑をおかけしております」

「捜査本部の会見はご覧になりましたか」

「つい先ほど。弊社としましても、警察に詳細を確認した上で今日中にでも追悼文をアップする予定でした」

悄然《しょうぜん》とまではいかないものの、死者を悼む顔だった。

「世間ではまだ岸真理恵のマネージメントがあったのかと思う者もいるでしょうね」

「出演作は途絶えましたが、引退はしていませんでしたから。当然マネージメントも継続していますよ」

「奈良崎さんはいつから岸さんのマネージャーをされているんですか」

「もう、かれこれ十五年ほどになります。この業界に入ってまもなく岸につきましたからね。わたしは彼女に育てられたのも同然ですよ」

「十五年ですか。岸さんにはご家族がいなかったから、一番彼女に近しかったのは奈良崎さんかもしれませんね」

「わたしもそう自負しています。マネージャーの仕事はタレントの仕事を取ってくることと体調管理ですが、わたしと岸真理恵の間には肉親に近い絆《きずな》がありました」

「だから、岸さんはあなたに遺書を託したんですね」

それまで澱《よど》みなく答えていた奈良崎は言葉に詰まった。

「岸真理恵さんは認めた遺書をシーツに敷いていました。しかし全く同じ文面のものをあなたに送っていたんですね。しかも自分の死後、遅滞なくマスコミに流すという条件つきで」

人間はいきなり核心を突かれると凝固したようになる。問い詰められた奈良崎はまさにそんな風だった。

「どうして刑事さんはそう思うのですか」

「岸真理恵という人間は昭和の生んだ大女優であり、自身の生涯でさえ一つの作品と考えていたようです。そういう人間が最後の意思表示である遺書を公開させない訳がない。喋《しゃべ》れなくなった自分に許された台詞ですからね。その最後の台詞を警察に握り潰《つぶ》されないよう、一番信頼の置ける人物に託そうとするのは自然な流れです。違いますか」

根が正直者なのだろう。奈良崎は束の間逡巡していたが、やがて諦めた表情で頷《うなず》いた。

「リーク先を東亜日報にしたのも岸さんの遺志ですか」

「いえ……わたしが社会部のデスクと懇意でしてね。彼に預ければ一番効果的に使ってくれると考えたんです」

「遺書はいつ届けられたんですか」

「三月三十日、彼女の死体が発見された日の午後、事務所に送達されました。ご丁寧に日付指定までされていました。きっと自分の死体が発見されるタイミングに合わせていたのでしょう。何から何まで段取りのいい人でした」

「やはり自分の遺志が公表されることを望んでいたんですね」

「かつて自分と共演した仲間たちが老いや病に負けて醜い姿を晒す。岸はそれが悔しくてならなかったんです。せめて自分は安楽死という手段で老醜や病魔にひと泡吹かしてやりたい。女優岸真理恵を全うしたいと、遺書にわたし宛ての手紙が添えられていました。担当していた女優の最後の願いですからね。聞き届けない訳にはいきませんよ」

俳優を目指していた者としてはともかく、刑事としては釘《くぎ》を刺さなければならない場面だった。

「今更な話ですが、軽率なことをしてくれましたね。安楽死という言い方をされますが、この国の刑法では自殺幇助でしかないのですよ。一般人でも違法行為なのに、それを岸さんのような有名人がやってしまえば追随する者が出てしまう。アイドルが自ら命を絶つと後追い自殺するファンがいるのは奈良崎さんもご存じでしょう」

「軽率だったとは思いません」

奈良崎の口調が変わった。

「岸なりに熟考に熟考を重ねた上での決断だったと思います。老醜を晒さず、苦痛からも逃れたいというのはそんなにも罪深いことなのでしょうか。確かに今の法律では違法行為かもしれませんが、岸真理恵という女優の行動にわたしは敬意を表します。自殺幇助に手を貸した罪で逮捕されるというのなら、むしろ本望ですよ」

岸真理恵が安楽死を選択した事実は、東亜日報に掲載された遺書の全文によって世に普《あまね》く知れ渡った。往年の女優が下した判断には既に当人が死亡しているという事情も手伝い、概ね好意的に受け止められた。老醜や苦痛を拒絶するために安楽死を選択するという彼女の遺志は多くの共感を呼んだのだ。

芸能人のスキャンダルを飯のタネにするワイドショーや芸能ニュースでさえが、安楽死について否定的なコメントを控えた。その裏にはもちろん視聴者への目配りがある。

犬養と明日香がたまたま見ていたニュース番組では、医療的な説明に国立大学の准教授が招かれていた。

『あのですね、現在日本には安楽死を認める法律がないのですよ。延命治療をしない、つまり消極的な安楽死というものは存在しますが、積極的に死なせようとするにはいくつものハードルを設定してなかなかこれを許そうとしない。何故なら安楽死というのは本人の意思で自分の寿命を断つのだから自殺の一種であるという考え方なんです』

『しかしスイス、オランダ、ベルギー、ルクセンブルク、カナダ、コロンビアではそうした積極的安楽死を認めていますよね。岸さんとすれば、それらの国に渡航して安楽死の施術を受けるという選択肢もあったのではないでしょうか』

『岸真理恵さんはかなり高齢であったため、飛行機の長旅に耐えられなかったでしょうね。仮に渡航できたとしても、向こうの医療機関で安楽死が妥当かどうかの検査をしなければならず、長期間の滞在を余儀なくされます』

『日本での診療記録があるならカルテを向こうの医療機関に提出すれば済む話じゃないですか』

『いえ、それをしてしまうとカルテを提供した医師は国内法で自殺幇助の罪に問われます。そもそも安楽死を希望する患者さんの多くは日本で、家族に見守られながら死にたいという人が少なくないので、渡航してまでとなるともう一段ハードルが上がってしまうんです』

それまでメインキャスターと准教授のやり取りを聞いていた、直截《ちょくせつ》な物言いが身上の若い社会学者が割って入った。

『だったら、国がさっさと安楽死を法制化すればいいんですよ。さっき挙がった積極的安楽死を認めている国というのは法制化しているんですよね。ヨーロッパ諸国にできることができないという時点で、この国の後進性を象徴していますよ』

　すると准教授は途端に渋面を作った。

『そういう意見は東海大学の安楽死事件が起きた時から思い出したように生まれます。仰《おつしや》りたいことは分かりますが、やや短絡的というか性急な印象があります』

　若き社会学者は早速色をなす。

『わたしの意見の、どこが短絡的でどう性急だと言うんですか』

『何事も法制化すればいいというものではないんですよ』

　准教授はそれ以上の説明は無意味だと言わんばかりに、首を横に振った。

　ニュース番組に限らず安楽死の是非を問う声は俄《にわか》に大きくなった。事件が起きる以前であれば一種のタブーとして封じ込められていた話題が、岸真理恵の報道を機に噴出した感がある。たとえば犬養が開いた朝刊では同日に投書欄と社説に安楽死の問題が扱われた。

『真山朋子《まやまともこ》　三十二歳
わたしは六歳で神経性の病気だと告知されました。末梢《まつしよう》神経に障害を来たし、両脚は腿《もも》から下、腕も肘《ひじ》から先は動きません。人生の半分以上を病院で過ごしましたが、いまだに治療法は見つからないままです。しかも病気は介護認定の対象外であるため、障害年金は月八万円が上限です。この身体では結婚は無理でしょうし、両親が高齢化すれば自分が重荷になるのは目に見えています。簡単に死ねたらどんなにいいでしょう。先日、女優の岸真理恵さんが安楽死をされたというニュースを知りました。正直、羨《うらや》ましいと思いました。この国には安楽死したいという人間が沢山います。そういう人間に手を差し伸べてくれる行政は存在しないのでしょうか』

犬養の胸に深々と刺さる言葉が頻出する。

自分がドクター・デスの再来を怖れていたのは、こうした事例を見聞きするのが容易に予想できたからだ。事件を追う警察官が私情を差し挟むのは到底褒められた話ではないが、病床の沙耶香を思わないはずもない。検挙率の高さでいくら持ち上げられようと警察手帳と手錠を放り出せば家庭人失格の中年男に他ならず、投書主に我が娘の姿を重ねると困惑し狼狽《うろた》えるしかなくなる。

一方、同じ新聞の社説では同じく安楽死を扱いながら論調は大きく異なっていた。

『長らく銀幕の女神だった岸真理恵さんが他界された。本来であればその死をただ悼むだけなのだが、本人が第三者に安楽死を依頼したとなれば話は別だ。そこに金銭の授受があれば自殺幇助どころか嘱託殺人であり、警察は是非とも事件の全容を解明すべきだ。岸さんの病状は終末期のそれではなく、安易に安楽死や尊厳死の議論に立ち入るべきではない。日本医師会の提示するガイドラインは薬物投与による積極的安楽死を厳に禁じているのである。社説子にはやはりパーキンソン病で闘病を余儀なくされている知人がいるが、たとえ患者本人が死を望んだとしても鵜呑《うの》みにしてはいけないと教えてくれた。つまり病苦のあまり正常な判断力が損なわれているかもしれないと言うのだ。ともあれ今回の報道で安楽死容認の声が出ることに懸念を抱く。重病患者や障碍者《しょうがいしゃ》から生きる意欲を奪いかねない風潮を醸成するからだ。「死ぬ権利」

よりも「生きる権利」が活発に議論される方がはるかに健全であり、「死にたい」よりは「生きていたい」と思える社会にするのが政府の責務だ』

一読して受ける印象は模範解答の域を一歩も出ていない。社説に斬新な意見を求めるのは無理筋だが、それでも投書の内容に比べると高所から見下ろされるような視点を感じる。

所詮《しょせん》、どんなに論理的であっても痛みを伴わない意見は全て空論に過ぎないのだ。大新聞の論説委員が認めた大層な社説も、ベッドの上で苦痛と闘っている患者の叫びには遠く及ばない。犬養の胸にもまるで響かない。

新聞やテレビといった旧来のメディアが取り上げる話題は大抵ネットが先取りしている。村瀬の会見が報道された直後から様々なサイトや個人が岸真理恵の選択について、あるいは安楽死の是非について私論や暴論を発信し、まさに百家争鳴の様相を呈していた。

『死ぬ場所やタイミングくらいは自分で決めたいものだよな。だって自分の人生なんだぜ』

『死んだ岸真理恵、だったっけ？　知らない女優だなあ。まあ、自分の命なんだから勝手にすればって感じ』

『これ、安楽死と考えたらダメだよね？　れっきとした殺人だよね？』

『また古くて新しい事件が……新聞とかでは嘱託殺人と騒いでいるけど、これは自殺のいち形態に過ぎず、実質的な被害者が存在しない。前にもドクター・デスの事件があったけどあまり犯人憎しにならなかったのはそういう理由』

『やっぱり痛かったり苦しかったりするのはイヤ。法律が許してくれるのなら安楽死はありかな』

『ヨーロッパでは安楽死が認められているのに日本ではっていう論調、もういい加減にしてほしい。死生観とか宗教観の違いが歴然と存在しているのに、欧米を見習えとかどうとかいかにもパヨクの言いそうなこと』

『いったん安楽死なんて認めたら、ただでさえ多い若者の自殺が更に増えるぞ。やめれ』

甲論乙駁《こうろんおつばく》飛び交う中、傾聴に値すると思われたのは、やはり最前線で働く医療従事者の声だった。

『介護施設で医療ソーシャルワーカーを務めています。患者さんのターミナルケア（終末期医療）を担当していて常々思うのですが、以前より緩和されたものの延命治療というのはやはり高額負担です。ターミナルケア自体は高額療養費制度の対象であるものの、特定疾患に関わる先進医療については自己負担となるからです。身体的な負担と経済的な負担が重なり、患者さんの中には安楽死を要望する方も少なくありません。積極的安楽死が法的に問題があるのは重々承知していますが、治療を施す度に辛《つら》い、死にたいと訴える患者さんの相手をしていると法整備と現状の乖離《かいり》に絶望さえ感じます。現職の議員さんがこうしたターミナルケアの現場に視察に来たという話をわたしは聞いたことがありません。議員さんたちは患者さんたちの嘆きを聞いたことがあるのでしょうか。ヒトが死に向かっていく時の臭いを嗅《か》いだことがあるのでしょうか。肉体も懐も痛まない人間が何を討論しても机上の空論に過ぎません。最近、重度の障害を持つ方が国会議員に当選されました。わたしは彼らに期待します。他人事《ひとごと》ではなく、当事者の立場から安楽死の法制化を検討してもらえることを願ってやみません』

現場からの声はさすがに切実だった。しかし切実だからこそ犬養は危惧《きぐ》する。

安楽死の法制化とは取りも直さず自殺幇助の法制化でもある。本来であれば十年二十年といった長いスパンでの論議が必要であるにも拘わらず、いくら社会問題になっているからといって性急に話を進めれば制度自体が脆弱《ぜいじゃく》になるのは分かりきっているではないか。

一時代を築いた銀幕の女神の死を悼んだのは一般人だけではない。映画界の重鎮や共演者たちが次々と弔意を表する中、その波は政財界にまで広がりを見せた。それだけ彼女のファンが多かったことの証左だったが、現職の厚労相までが悔やみの言葉を口にしたのはさすがに注目を集めた。

きっかけは閣議後の記者会見で吾妻野《あづまの》厚労大臣が最後に放ったひと言だ。

「……最後に、これは閣議とは関係ないが、先日お亡くなりになった岸真理恵さんのご冥福《めいふく》をお祈りいたします」

これに記者が飛びついた。

「ひょっとして吾妻野大臣と岸真理恵さんはお知り合いだったんですか」

「いや、わたしは単なるファンというだけで。二十歳の頃から彼女の映画を観ていました。本当にね、あの頃の岸真理恵さんときたらわたしたちと同じ人間とは思えなかったなあ。今はアイドルという言い方をするんだろうけど、彼女はアイドルというよりも天に輝くスターだったんだよ」

「岸真理恵さんはああいうお亡くなり方をしましたが」

「うん、知っている。パーキンソン病と闘い続けた上の決断だと聞いている。しばらく人前に出なかったのも闘病生活で衰えた容姿をファンに晒すのが嫌だったのだろう。プロ意識と言ってしまえばそれまでだが、辛く哀しい話だ。彼女の死に加担した犯人については捜査本部の一層の奮起を期待したい」

「世論の一部は安楽死の是非について賛否両論ですが、厚労大臣としての見解はいかがでしょうか」

俄に吾妻野は表情を引き締める。

「安楽死の問題は以前から取り沙汰《ざた》されており、ここでわたしが個人的な見解を話すべきではない。無論、国民が問題視していることを看過するつもりは毛頭なく、早晩、超党派による勉強会を開催しようと関係各所と連絡を取り合っている」

大臣の個人的な談話に終始すると思い込んでいた記者たちは一転、前のめりになる。

「それは大臣、積極的安楽死の法制化を視野に入れているというご趣旨ですか」

「相変わらず、あなたたちは早合点をするんだな。勉強会と言ったではないか。確かに今回の事件はただの自殺幇助や嘱託殺人ではなく、今までの医療行政がカバーしきれなかった部分が顕在化したのだと重く受け止めている。しかし、事は個人の意思決定を超えた非常にセンシティブな問題を孕《はら》んでおり、それこそ拙速な判断と性急な論議は後々まで禍根を残す。徒に遅滞させるつもりはないが慎重に論議を進めていきたい。積極的安楽死に賛同する者も反論する者もいるだろうが、今は議論することが大事だ。勉強会とはその前段階であり、発生している問題点を速やかに洗い出し、今後に繋《つな》げていきたい」

最後は官僚答弁に堕《だ》してしまった感があるが、現職の厚労大臣が積極的安楽死について踏み込んだ発言をしたのはこれが初めてだった。

吾妻野大臣が安楽死問題に言及したことは、その日のトピックとして各メディアのトップを飾った。

『吾妻野厚労相、安楽死問題に着手』

『厚労相の重い腰を上げさせた女優の死』

『安楽死法制化への足がかりか』

俄に色めき立ったのは永田町《ながたちよう》方面だ。医療問題は政治問題に直結することが多い。政府が安楽死問題に着手し一定の方向で話を進めれば、必ず野党が政局に絡めてくる。

吾妻野大臣が会見で口にしたのは勉強会開催への根回しだったが、早速これに民生党が嚙《か》みついた。

『厚労省が安楽死の法制化に舵《かじ》を切ったとの報道がなされていますが、事実とすれば由々しきことです。民生党としては断固として反対せざるを得ません』

党本部に政治記者を集めた民生党亀谷《かめや》幹事長は開口一番そう述べた。以前、民生党が政権を獲《と》っていた時には厚労大臣を務めていたから医療問題には一家言を持っている。

『厚労省が安楽死の法制化を推進するのは、死を望んでいる患者の選択肢を増やしたいからではなく、全体の医療費を抑制したいからです。安楽死を望んでいる患者は大抵が高額療養費制度の対象者であり、国の負担が大きい。言い換えればそういう対象者が減れば減るほど医療費が抑制できる訳です。予算削減のために自殺幇助を正当化するなど、決して許されることではありません』

『しかし幹事長。先般の岸真理恵さんの事件で安楽死を切望している患者の存在が表面化したのは事実ですよね。それでも法制化には反対の立場ですか』

『安楽死自体を否定するものではなく、法制化に問題があると指摘しているんです。安楽死の容認には本人の意思決定が大前提となる訳ですが、もし患者さんが鬱病や認知症だった場合、本人の表明した意思がどこまで信用できるかという問題が発生します。また、本人の意思が明確であった場合でも、実際に施術を行う主治医がどう判断を下すのか。病気の種類や段階によって安楽死を容認できる基準は違ってきます。つまりは安楽死させるかどうかの判断は個々の医師に一任される。そうなると、医師の経験や知識によって判断がまちまちになる。Aという病院では安楽死を容認される患者がBという病院では否認される訳です。これはたとえガイドラインを作成しても同じことが起きるでしょう』

『法制化には真っ向から反対ということですね』

『法制化にはもう一つ別の弊害も予想されるんです。いったん安楽死容認の法律ができてしまえば、生と死の狭間《はざま》で迷っている患者を死の方向へ容易に押し出す装置になりかねない。自殺幇助に纏《まつ》わる罪悪感さえなくなってしまう。こいつは死んだ方が家族が苦しまずに済むなどと考えて、患者を安楽死に誘導させる場合が起こらないとも限らない。法律というのは行動を縛るものであると同時に、限定的な行動を容認するものでもあります。そして、その境界を行き来する者は必ず現れます』

4

村瀬の会見から二日、世間は安楽死問題で喧《かまびす》しかったが捜査本部は陰鬱に沈んでいた。現場指揮を任された麻生の顔は日を追うに従って悪相を帯びていく。捜査会議では村瀬や津村から進捗のなさを無言で責められ、マスコミからは新たなネタを求められる。その上、安楽死問題が政界にまで飛び火して情報のコントロールさえ利かなくなっている。

「班長、いつも以上に機嫌悪そうですね」

明日香はこそこそと犬養に耳打ちする。狭い刑事部屋だから普通に話すだけで内容がダダ洩れになる。

「捜査本部がこんな状況で機嫌の悪くないヤツがいたら、そっちの方が問題だ」

話しかけられた犬養も己が仏頂面をしているのは自覚している。ついでに麻生の気持ちも手に取るように分かる。二人目の犠牲者が出ていながら有力な物的証拠と言えば二つの現場から採取されてＤＮＡ型が一致した不明毛髪のみで、それも犯人のものかどうかは特定に至っていない。

一方、長山瑞穂と岸真理恵がＪＫギルドと接触したサイトについてはサイバー犯罪対策課の三雲が探し出してくれた。

サイト名は〈幸福な死〉。三雲と連携を取っていた明日香は今も自分のパソコンにサイトを表示して、その動向を逐一チェックしている。

『このサイトは積極的安楽死を進めていたドクター・デスの意志を継承する管理人のページです。積極的安楽死に否定的な意見を持つゲストも大いに歓迎します。否定しあっていては何も生まれません。共感する以前にお互いを確かめ合うことが大事です。

貴方は愛する人の、あるいは自身の終末治療に悩んでいませんか？　医師から絶望的な診断を下され、精神的にも肉体的にも追い詰められ、辛い日々を送っていませんか？　そして一度くらいは尊厳死を考えたことはありませんか？

（中略）

先に挙げた国が積極的安楽死を合法としたのは、まさしく本人の〈死ぬ権利〉を尊重したからに他なりません。治療費目的の病院や膠着《こうちゃく》した法律のために、本来保証されているはずの権利を行使できないのは、偏《ひとえ》にこの国の医療体制と現状認識が世界の潮流に追いついていないからです。

管理人は営利目的ではなく、〈死ぬ権利〉を主張し、積極的安楽死を推進するために行動しています。そして貴方《あなた》もしくは貴方の大切な人に苦痛のない死を約束します。

法よりも、世間体よりも、その人が大切な方はどうぞご連絡ください』

暖色を背景にしたデザインといい内容といい、かつて開設されていた〈ドクター・デスの往診室〉のそれに酷似している。ＪＫギルドがドクター・デスの模倣犯であることの証左と言える。しばらくトップページを眺めていると前の事件の悪夢が甦《よみがえ》りそうで、嫌悪感が先に立つ。

三雲と明日香は〈幸福な死〉の管理人を特定しようと相当粘ったらしい。だが海外のサーバーを複数経由しており、未だＩＰアドレスには辿《たど》り着けていない。これもまた前回の手法を踏襲しており、不快感が募るばかりだ。

「サイトのデザインや安楽死させる方法だけなら、かなり忠実にドクター・デスを模倣していますね」

「模倣すればするほど陳腐に見えてくる。所詮は偽者だ」

すると明日香は怪訝《けげん》そうにこちらを覗き込んだ。

「犬養さん、何だかドクター・デスの肩を持っているように聞こえますよ」

馬鹿なと一蹴《いっしゅう》してみせたが、明日香の指摘もあながち的外れではない。ドクター・デスとJKギルドが比較される度に、何故か身内を貶《けな》されているような感覚に陥る。妙な喩《たと》えになるが、いくら宿敵であっても死力を尽くした相手の悪口を言われたら腹が立つ。

サイトを眺めていても視線を逸《そ》らしていても焦燥する。沈黙する麻生はますます眉間の皺を深くする。いっそ部屋の窓を全開して空気を入れ替えてやろうかと考え始めた頃、鑑識の常滑がノートパソコンを小脇に抱えて現れた。

「犬養さん、あなたの読みが当たった」

常滑の不用意な第一声で、麻生をはじめとした捜査員全員がこちらに注目する。当の本人は気にする様子もなくいそいそと犬養の許に駆け寄ってくる。

「ほぼ一致しました。二人が同一人物である確率は九十一パーセントでした」

常滑は持参したパソコンを犬養の面前で開いてみせる。画面に映し出されているのは岸真理恵宅の近隣から借り受けた防犯カメラの画像だった。のそりと腰を上げた麻生が犬養の背後に回り込む。

「いったい何が一致したんだ」

「歩容認証がです」

歩容認証は顔が明確に映っていない解像度の低い画像からでも、歩行の特徴から対象者を特定する技術だ。歩き方には、腕の振り・歩幅の違い・姿勢の違い・動きの左右非対称性などに明確な個性（歩容）が存在する。歩容認証はその個性を低周波の周波数領域特徴として抽出し生体認証を行う。二〇一三年に世界初の歩容鑑定システムとして発表され、科学警察研究所では既に実務評価が行われているものの、まだ本格的な運用には至っていない。

「長山瑞穂の自宅付近、そして岸真理恵の自宅付近。それぞれに設置してあった防犯カメラを解析しても、顔認証では不審な人物を特定することができませんでした。そこで犬養さんから顔認証が駄目なら歩容認証を使ったらどうかと提案され、二つの現場から対象者全員の歩容を抽出したんです。すると同じ歩容を持つ対象者が両方の現場に存在している事実が判明しました。この人物です」

常滑が指したのは宅配業者の制服を着た者だった。

「近隣住民が不審な人物は見かけなかったと証言した理由はこれか」

麻生は制服姿の人物を凝視する。

「ええ。郵便配達員や宅配業者というのは、目の前を歩いていても風景の一部と認識してしまいがちです。そこにいるのが当たり前だという先入観があるからでしょうね」

「犯人は宅配業者に変装して被害者宅に侵入したんだな」

「長山瑞穂の時も岸真理恵の時も、この宅配業者は荷物を抱えています。仕事柄荷物を抱えているのは当たり前で、荷物の中に医療器具や薬剤を忍ばせているなんて誰も想像しません」

「この制服は〈ヤマモト運輸〉のものだな」

「最近、その手の制服はネットに流出しています。従業員でなくても入手は容易です」

犬養は二つの現場から押収された防犯カメラの映像を見ているうちに、この可能性を思いついた。そこで常滑に歩容認証を依頼する一方、下谷署の捜査員とともに長山宅を配達区域にしているヤマモト運輸営業所を訪ねたのだ。

常滑の説明が続く。

「歩容に関してですが、この人物の歩行には顕著な特徴があります。つまり左脚を引き摺《ず》り気味にして歩いているんですね。逆に言えば、この特徴があったからこそ歩容認証が比較的容易だったと言えるのです」

「営業所の所長に防犯カメラの写真を見せましたが、こんな歩き癖の従業員はいないと一蹴されました。念には念を入れて岸真理恵の自宅を配達区域とする営業所にも同様の質問をしてみましたが、やはりそんな従業員はいないという回答でした」

手応《てごた》えを感じたのか、麻生は唇の端を曲げてわずかに表情を緩める。

「この不詳人物の歩容認証ができたということは、次にこいつが現れた時にはすぐさま対応できる訳だ」

「特定した歩容は既にデータとして記録していますから素材さえあればいつでも照合できます」

「不明毛髪と同様、この不詳人物が犯人である直接証拠にはならない。しかし絞り込みには有効と言える」

麻生は自分に言い聞かせているようだった。

「後は母数をどれだけ小さくできるかだな。長山宅や岸宅に宅配業者を装って訪問している。防犯カメラでの動きを見ている限り他府県から全くの土地鑑なしに来たとは思えん。少なくとも首都圏または都内在住の医療従事者。犯行日の三月十五日と二十九日に仕事を休んでおり、そして歩く時に左脚を引き摺り気味に歩く癖を持つ人間。この三条件に合致するとなると、そんなに数は多くあるまい」

ようやく暗闇の中にひと筋の光明が見えたのか麻生は興奮を隠しきれない。しかし手掛かりを摑んだ当人の犬養は、犯人との距離が縮まったとはどうしても思えなかった。

麻生は捜査の進展を期待していたが、東京都に届け出ている医師だけで四万八千人以上もいる。加えて医療機関は押しなべて個人情報保護の意識が強固だから、特定のアリバイや個人の身体的特徴を探ろうとしても捜査事項関係照会書一枚で回答をくれるところなど皆無に等しい。結局は捜査員が直接病院なりに出向いて情報を掻《か》き集めるしかないのだが、それには捜査員の数が全く足りていない。

ヤマモト運輸の制服についても未だ入手経路は摑めていない。理由はこれもまたヤマモト運輸側の協力が消極的なことに拠《よ》る。ヤマモト運輸に限らず宅配業者の制服流出は後を絶たないが、理由の最たるものは業者側の管理体制の杜撰《ずさん》さだ。制服を破損または紛失した場合の確認がいい加減であり、従業員退職後の制服の処分についても徹底されていなかった。従って自社の制服がネットに流出したことは聞き知っていても、どの従業員に貸与したものか把握もしていなければ碌に調べもしていなかった。

制服を着れば宅配業者を装うのは容易であり、空き巣や強盗のアイテムとして利用されやすい。つまりは犯罪を助長しているのと同義であり、ヤマモト運輸の管理責任が問われる。捜査本部が事情を聴取しても口が重くなるのは当然だった。

捜査本部は制服をネットで売買した記録を漁《あさ》ってみた。するとここ三年間に絞ってみてもヤマモト運輸の制服が出品された回数は二百五十六件にも上る。しかもネットオークションの規約で売買終了日から百二十日を経過するとオークションの管理画面から取引内容は削除されてしまい、大半の取引は閲覧できなくなっている。加えて参加者にも違法なものを売買しているという意識が働いているので、落札者の多くは住所を伏せるために郵便局留めを利用していた。やっとの思いで落札者のアカウントＩＤを知り得たとしても、サイト運営会社は裁判所の命令がない限り登録されている住所や氏名を教えてくれない。当該者のＩＰアドレスを辿るにしてもやはり裁判所命令を経由するので時間がかかる。いずれにしてもオークションの落札者からＪＫギルドを辿るのも容易な道ではなかった。

捜査本部に珍客が訪れたのは、ちょうどその頃だった。

犬養と明日香が岸宅周辺の地取りから戻ってくると、麻生が手招きをしてきた。

「来客だ。一連の安楽死事件について捜査の進捗状況を教えろとの申し出だ」

犬養は一瞬、耳を疑った。

「報道関係者なら班長なり課長なりが門前払いを食わせればいいだけの話でしょう」

「相手がブン屋なら構わんが、やってきたのは役人だ」

元より官僚嫌いの麻生は犬養たちに雑用を押し付けるつもりらしい。普段はいくぶん自由行動を認められているので、こういう場合は断りにくい。渋々、訪問者の待つ部屋に赴くと長身の男が椅子に座っていた。

「厚生労働省医政局の国分《こくぶん》です」

忘れるはずもない。長山瑞穂の告別式でレポーターの宮里を排除した男だった。

三　信念の死

1

「先日は失礼しました」

　差し出された名刺には『厚生労働省医政局総務課医療安全推進室室長代理　国分倫丈《のりたけ》』とある。厳《いか》つい面立ちだが、笑うと存外に人懐っこくも見える。

「そちらお二方が警察関係者であるのは雰囲気で予想できましたが、あの場で名乗るのは時期尚早に思えたもので」

「妙なレポーターに葬儀を妨害されるところでしたから、喪主も感謝したでしょうね。しかし時期尚早とはどういう意味ですか」

　犬養は国分に好印象を持ちながら直截《ちょくせつ》に疑問をぶつける。

「いずれ捜査本部の皆さんとは意見交換なり情報収集なりで見《まみ》える予定でしたから。それに葬儀の席です。ご遺族が悲しんでいる中で手前の話をするのは憚《はばか》られます」

押し出しが強い割には奥床しい。なりが偉丈夫なので殊更そう思える。

「娘さんはもちろんですが、喪主となったご主人もお気の毒でした。奥さんは安楽死を選んだが、つまるところは自殺です。しかもそれ以前に長い闘病生活がある。本人から何の相談もなく先立たれてしまわれたら、そりゃあ連れ添いにしてみれば辛《つら》さは倍増でしょう」

もしや国分自身も妻を亡くしたのかと勘繰ったが、いずれにしても初対面で訊《き》くことではないので触れずにおいた。犬養にしたところで二回の離婚歴があり、初対面の人間に話す内容ではない。

「しかし、どうして厚労省の国分さんが長山瑞穂の葬儀に参列していたのか。長山家と姻戚《いんせき》関係でもあったんですか」

「とんでもない。報道で名前を聞くまでは全く見ず知らずでした」

「じゃあ、どうして」

「それを説明するには、わたしの所属部署の業務を知っていただく必要があります」

「すみません。生憎《あいにく》医政局という名称すら初耳です」

「公式には、保健医療に関する基本的な政策に関する特定事項の企画及び立案並びに調整に関することを行う部署です」

頭の中で言葉を咀嚼《そしやく》しても、全く具体的にならない。明日香もまるで理解できないようだった。二人の顔色を見ていた国分がにやにやと笑う。

「さしずめ霞《かすみ》が関《せき》文学の章見出しといったところですね。管掌範囲を明確にした上で後日いかようにも拡大解釈できる仕様です。これ、当の職員でも暗記するのが大変なんですよ」

「その霞が関文学で国分さんの仕事を理解するのは困難です」

「もちろん、もっと端的に表すこともできます。安楽死のガイドライン策定に関わった部署と言えば通りがいいでしょう」

国分の言う通り、安楽死と聞いた途端、犬養は彼の業務内容の一部を理解したようなつもりになった。

「安楽死のガイドラインについてはご存じですか」

「知っているのは積極的安楽死の四要件くらいですね」

「わたしが捜査本部にお邪魔した理由についてはガイドライン策定に至った経緯から説明した方がいいでしょう。道立羽幌《はぼろ》病院事件や射水《いみず》市民病院事件など、終末期の患者への医療行為の中止に対して警察が介入する事案が相次いで発生し、国民の間に終末期医療への不安と不信が生じました。一方、医療関係者の間では終末期医療の処し方によっては自分が刑事被告人になる可能性があり、双方から明確なルールを求める気運が高まりました」

つまりガイドラインは安楽死を望む患者ではなく、警察の介入を厭《いと》う医療関係者の要望によって策定されたということだ。当然といえば当然の話だが、犬養の中の父親が苛立《いらだ》ちの顔を見せる。患者本人の要望を置き去りにして医療機関の都合でガイドラインが策定されたのなら現状との間に乖離《かいり》が発生するのは当然であり、そこにドクター・デスたちの付け入る隙《すき》が生じる。

「そこで当省は二〇〇七年、〈終末期医療の決定プロセスに関するガイドライン〉を策定したという経緯です。ただしこうしたガイドラインは当省のものが唯一無二という訳ではなく、日本医師会や各医学会からもガイドラインの提言が為《な》されています」

「意外ですね。厚労省が明確なルールとしてガイドラインを提示すれば、医療関係者と医療機関全てがそれに従うんじゃないですか」

「当省策定のガイドラインでは延命医療の不開始・中止の要件にまでは触れておらず、ただ決定のプロセスについての言及に留まっているからでしょうね。そもそも延命させるかどうかの決定は法律の範疇《はんちゅう》ですから省庁の決めることではありません」

国分の説明は理路整然としている。言い訳がましい部分もあるが、司法の世界に籍を置く犬養は決定権を法に委《ゆだ》ねる点を否定できない。

「決定のプロセスとは本人の意思に基づいた本人の最善の利益を指導基準とすべきこと、患者・家族・医療関係者の話し合いによって進められるべきこと、終末期医療についての決定は担当医一人によるのではなく、多専門職種の医療従事者から構成される医療・ケアチームによるべきことなどを内容としています。当省はこれを医療現場に普及させ、医療従事者を支援するよう目指していました。そこに降って湧いたのが前回のドクター・デスの事件でした」

国分の口調が俄《にわか》に険しくなる。

「ドクター・デスによって安楽死させられた患者本人と遺族に被害者意識はなく、むしろ感謝さえ表明する始末です。このままでは折角策定したガイドラインが有名無実になるばかりか、医療現場に混乱をもたらしかねない」

国分の説明で、彼が捜査本部を訪れた意図がようやく腑《ふ》に落ちた。

「前回は警察の尽力で無事に解決し、我々厚労省に勤める者たちもいったんは胸を撫《な》で下ろしました。ところが長山瑞穂さんの事件が発生し、再び患者を安楽死に誘う犯罪者が出現しました。わたしたちにすれば悪夢の再開ですよ」

厚労省の室長代理が出張ってこなくてもよさそうなものですが」

「しかし見方を変えれば、単に自殺幇助《ほうじょ》もしくは嘱託殺人というだけの話です。何もわざわざ

「長山瑞穂さんの事件だけに留まればまだ静観する余地もあったのですが、あの岸真理恵までが積極的安楽死を選択してしまった今、国民の安楽死に対する認識は一変した感があります。何しろ国民的女優の決断だから影響力も大きい。そこらのアイドル歌手やぽっと出のタレントが自殺した云々《うんぬん》の比じゃありません。彼女の死が報道されるや否や積極的安楽死のハードルが下がり、〈死ぬ権利〉とやらが甘美な響きで患者とその家族を誘惑する。これはですね、犬養さん。世間が思う以上に憂慮すべき事態なのです」

国分は深刻そうに顔色を曇らせる。犬養は胸の裡《うち》で同意する。事件の解決が遅れれば捜査本部には有形無形のプレッシャーが掛かるが、それでも医療現場にもたらされる影響よりは軽微だろう。警察が護《まも》らねばならないのは面子《メンツ》だが、医療現場が護っているのは患者の生命だ。まるで比べものにならない。

「お恥ずかしい話、わたしは使いの者に過ぎません。医政局だけではなく厚労省が憂慮しているる。捜査でお忙しいのを承知の上でこちらに押し掛けたのはそういう事情です」

「つまり、ＪＫギルドを名乗る第二のドクター・デスを一刻も早く逮捕しろというご趣旨ですか」

犬養がいささかの皮肉を込めて尋ねると、国分は恐縮するように片手をひらひらと振る。

「省庁からの使いでは、そう受け取られても仕方のない部分があります。ただ公安委員会と違い、当省が捜査状況に口出ししたり横車を押したりということは有り得ません。これは、要望と言うかお願いの部類ですよ」

国分の物言いは柔和だが、省庁から行政機関への申し入れがお願い程度であるはずもない。使いと言っても国分の肩書は室長代理だ。

「要望やお願いなら、俺みたいな一兵卒じゃなく刑事部長やその上に掛け合った方が効果がありますよ」

「もちろんそうする予定ではあります」

国分は当然のように言う。

「わたしがこちらを訪ねる直前、室長経由で捜査本部に要望が入っています。非公式なものではありますが、内容はわたしが申し上げたことと同じです」

「にも拘《かか》わらず室長代理が直接担当者に会おうなんて酔狂をしているのは何故ですか」

「一方的に要望を出すのは傲慢《ごうまん》というものでしょう。省庁間の折衝には相互協力があるのが前提です」

厚労省からの協力と聞いて、犬養はすぐにぴんときた。

「厚労省さんからの協力というのは、ひょっとしたら医療従事者のリストですか」

「察しが早くて助かる」

国分はようやく本題に入れると笑う。

「捜査本部ではＪＫギルドなる犯人の絞り込みは終わっていますか」

「そちらも察しはついているのでしょう。犯行の手口から医療従事者ではないかと当たりをつけています」

「犯人は現役の医師だと思いますか」

「積極的安楽死に至る手順は分かっているんです。チオペンタールを投与して患者の意識を麻《ま》痺《ひ》させ、その上で高カリウム製剤を注射する。すると患者は意識不明のまま高カリウム血症を引き起こし、心停止に至る。その程度の知識と薬剤、そして医療器具と経験さえあれば現役医師でなくとも犯行は可能です」

「医師免許の取得者に限定すれば警察もリストは取得可能でしょうが、看護師を含めた医療従事者全てのリストは容易《たやす》く入手できないと思います。医師免許取得の記録はともかく、それ以外については個人情報の固まりですからね。通常であればおいそれと流せる情報ではありません」

　言い換えれば、今回は非常時という意味だ。

「この件は刑事部長にも伝わっているんですか」

「ええ。ですが現場レベルでのすり合わせも必要でしょう。リストについては後日、紙ベースで送付します」

「あえて紙ベースなんですね」

「データ送信の方が簡便なのは分かっているんですが、個人情報のリストなので慎重にも慎重を期した次第です。機密保持に関して言えば、やはりアナログ記録が一番安心だとのたまう上司が大勢いるんです。あと五年もすればどうなるか分かりませんけどね」

情報のデジタル化が普及すれば一方でハッキングの技術も向上する。過去にも官公庁のデータが外部に流出したことがあり、プロテクトの強化が急務と叫ばれた。だがハッキングとプロテクトは常にいたちごっこであり、護る側は防戦一方になる。未だ官公庁がアナログ情報に執着するのも無理はない。

「しかし犬養さん。提供すると申し出てこう言うのは何ですが、看護師・介護士まで含めた医療従事者は首都圏だけでも膨大な数に上ります。まさかリストに挙がっている全員を調べるつもりですか」

「外部から圧力が掛かっている以上、捜査本部はローラー作戦も厭わないでしょうね」

「そのローラー作戦とやらは効果があるんですか」

事件によりけりだが徒《いたずら》に捜査員たちの労力を消耗させることが少なくない、とは口にできなかった。

「医政局の使いとして申し上げるのはここまでです」

国分は用件を済ませたという安心感からか、ふっと肩の力を抜いた様子だった。その一瞬を捉《とら》えて犬養は質問を投げた。

「じゃあ厚労省医政局の建前ではなく、そろそろ本音を聞かせてもらえませんか」

「え」

立て板に水のように喋《しゃべ》っていた国分は不意を突かれたように返答に詰まる。

「国分さん、まだ話していないことがあるでしょう」

「いや、そんなことは」

「ひけらかすつもりはありませんが、こっちは人の嘘や隠し事を暴くのが商売です。省の建前だけ話してこっちの尻《しり》を叩《たた》こうなんて少し甘過ぎやしませんか」

国分の喋り方はいささか性急に思えた。犬養たちの相槌《あいづち》を待たず先へ先へと話を進める。とにかく命じられた内容を早く話し終えようとしていた。こういう喋り方をする男は大体において本音を隠しているものだ。隠しているのを見透かされまいとして無意識に早口になる。男の嘘だけは鋭敏に嗅《か》ぎ分ける犬養の面目躍如といっていい。

国分はしばらく犬養と明日香の顔を見比べていたが、やがて悪戯《いたずら》を見つかった子どもの顔を晒《さら》した。

「お巡《まわ》りさんには敵《かな》いませんね」

「お話しいただけないと、俺たちも国分さんをどこまで信用していいのか分からない。もちろんオフレコですよ。念のために言っておきますが、この部屋には盗聴器や隠しカメラの類は設置されていません」

国分は犬養の言葉が本当なのかどうかを確かめるように、ぐるりと部屋中を眺め回す。

「本音を話したはいいが、それで犬養さんたちの機嫌を損ねるようなことになるのは嫌ですね」

「刑事部長に伝わっている時点で俺たちに拒否権はありませんよ。青臭いガキじゃあるまいし、常時そのくらいの割り切りはしています」

隣では明日香が居心地悪そうに尻の辺りを動かしている。自分はお前ほど割り切っていないとの意思表示だろうが無視することにした。

国分は覚悟を決めたように犬養たちを見据える。

「厚労省医政局の本音は、世論の盛り上がりや積極的安楽死の必要性を喚起させることでこれ以上安楽死のガイドラインを修正も追加もしたくないのですよ」

「どうしてですか。ガイドラインが現実と乖離すると困るからですか」

「いえ。現在のガイドラインというのは、これはこれでよく考えられた内容で、積極的安楽死の野放図な実施を食い止める役割を担っています。いかに患者に寄り添った医師でもガイドラインを逸脱するには相応の覚悟が要りますからね。言い換えればガイドラインの緩和は積極的安楽死の推奨に繋《つな》がりかねないのですよ」

腹に溜《た》めていたものを吐き出しても楽になるとは限らない。本音を口にした国分は舌に吐瀉《としゃ》物の残滓《ざんし》が残っているように顔を顰《しか》める。

「積極的安楽死の推奨というのは少し極端じゃありませんか」

「いえ、それが必ずしも極端とは言いきれないのです。安楽死のガイドラインを緩和すれば、その先に待っているのは法制化です。厚労省としては可能な限り法制化を避けたい意向でしてね」

「安楽死の法制化が色んな意味で危険を孕《はら》んでいるのは知っています。患者が鬱《うつ》病や認知症だった場合は本人の意思表明の信憑性《しんぴょうせい》が問われる。本人の意思が明確であった場合も主治医の判断によって実行するか否かが曖昧《あいまい》になる。そしていったん法律ができてしまえば死ぬか生きるかを迷っている患者を容易に安楽死に誘導してしまう」

喋っていると胸の底に嫌悪感が湧く。安楽死の話をするとどうしても沙耶香の面影がちらついてしまう。混同するなと何度も自制するが、想像ばかりは抑えようがない。

「犬養さんの仰《おつしや》る通りです。積極的安楽死という言葉は婉曲《えんきよく》に過ぎず、結局は自殺幇助か嘱託殺人でしかない。法制化というのは犯罪を合法化する手続きでしかないのです。厚労省としては医療従事者をみすみす犯罪に巻き込むような動きは事前に封じ込めたいのです」

すると今まで沈黙を守っていた明日香が口を開いた。

「あの、国分さんが法制化を怖れている理由も分かりますけど、それなら積極的安楽死に関わる法律を厳格にすればいいんじゃないですか」

「どんなに厳格な建て付けにしても、必ず法の網目を掻《か》い潜ろうとする者は出てきます。立法府はその度に改正を余儀なくされ、その改正法も掻い潜ろうとする者が出る。そしてまた改正の必要が出てくる……いたちごっこですよ。それを防ぐには最初から法制化をしないことです」

国分は明日香に畳み掛けるように続ける。

「加えて法制化には最悪のケースが予想されます。長い闘病生活で医療費が嵩《かさ》み、家計を圧迫している例は山ほどある。中には患者の存在を疎ましく思う家族もいる。そういう家族が法制化を盾に、患者に積極的安楽死を迫ったらどうなるか。ただでさえ肩身の狭い思いをしている患者は己の安楽死を承諾してしまうかもしれない。そうなってしまえば、これはもはや自殺幇助ですらない。立派な脅迫であり、明らかに殺人です」

「そんな」

明日香は反論しそうになったが、言葉を途切れさせた。要介護の患者を持つ家庭の悲劇は特段珍しい話ではない。家族愛も困窮とストレスの前では微塵《みじん》に砕け散る。

犬養の胸に更なる嫌悪が蓄積する。入院治療費の捻出《ねんしゅつ》に倦《う》んだ犬養が沙耶香に安楽死を囁《ささや》きかける――想像するだけで反吐《へど》が出そうな状況だが、想像する余地があるだけで呪詛《じゅそ》の言葉を吐きたくなる。

事前に用意されていたらしく、翌日には厚労省から首都圏内の医療従事者リストが到着した。網羅されているのは茨城・栃木・群馬・埼玉・千葉・東京・神奈川の医療施設に勤める各医療従事者の氏名と住所と職歴だ。

『看護師・介護士まで含めた医療従事者は首都圏だけでも膨大な数に上ります』

国分からそう聞いていたものの、数については曖昧な認識でしかなかった。ところがリストのはじめにある集計表を見て少し腰が引けた。

首都圏の医療従事者の合計は五十八万千七百三十七人。この数字を前にすれば腰が引けても仕方がない。

「これじゃあ、警視庁どころか各県警の刑事部を総動員しても足りませんよ」

明日香は早々に白旗を掲げる。いや、白旗を掲げたいのは麻生や津村も山々だろう。だが肩書を持つ人間は立場上、うっかり弱音を吐けない。

犬養はざっとリストを眺め、医師免許を取得していても全員が現場で医療行為をしている訳ではない事実を知る。たとえば医系技官は医療政策の立案に携わる技術系行政官だが、医療の専門性が必須であるために医師免許・歯科医師免許の取得が必須となっている。

つまり医療従事者全てに聴き取り調査をするのであれば、厚労省本体のみならず数多《あまた》の出先機関に赴いて職員一人一人を捕まえなければならないということだ。医療機関で医師から訊き出すよりも、官僚や技官を相手にする方がよほど厄介ではないか。

「ひと言でローラー作戦と言っても、実際にやるとなったらとんでもない手間暇が掛かりますよ。聴き取り調査をしたところでＪＫギルドの手掛かりが得られるかどうか保証もないし」

「保証があるなしの問題じゃない」

犬養は明日香の愚痴を切り捨てる。手掛かりを得ようとするのは当然だが、それ以前に一つ一つの可能性を潰《つぶ》していくのが犯罪捜査の基本だと考えている。

「ただし優先順位はある。同じ医療従事者でも安楽死に関わった人間から先に訊く」

明日香は不安そうに眉《まゆ》を顰《ひそ》める。

「犬養さん、まさか」

「そのまさかだ。ドクター・デス本人に模倣犯の心当たりがないか訊こうと思っている」

2

明日香は犬養の計画を聞くなり顔色を変えた。

「本気ですか」

「俺が捜査に関して冗談を言ったことがあるか」

「犬養さんが時々突拍子もない言動をするのには慣れたつもりでしたけど、さすがにこれは同意できません。選《よ》りに選《よ》ってドクター・デス本人に話を聞くなんて」

「ドクター・デスの模倣犯について、当の本人以上に有益な情報を持つ人間はいないだろう」

「彼女の、未決囚の言うことがどれだけ信用できるんですか」

明日香の言い分は理解できる。ドクター・デスには犬養だけではなく明日香も痛い目に遭っている。単に嘱託殺人の容疑者としてではなく、司法警察官としての存在意義を大きく揺さぶられた。信じられないのは当然だろう。

「確かに俺たちはいいように翻弄《ほんろう》された。だがドクター・デスには一種の職業倫理が働いていた。れっきとした確信犯だ。決して私利私欲で安楽死を重ねていた訳じゃない」

「私利私欲がないから警察に協力するというのは楽観的な見方だと思います」

「同じ安楽死、同じ自殺幇助でもＪＫギルドが受け取った報酬は二百万円。ドクター・デスの二十万円がほぼ実費のみだったことを考えれば、完全にビジネスとして請け負っている。そういう阿漕《あこぎ》なビジネスをドクター・デスが許すと思うか」

「自殺幇助や嘱託殺人も結構阿漕な犯罪ですよ」

「それはあくまでも俺たち警察官の見方だ。ドクター・デスは金銭じゃなく信念のために犯行を繰り返した。信念で動く人間はカネで動く人間に敬意を払うことはない」

「サイトを見る限りでは、ＪＫギルドはドクター・デスをリスペクトしているみたいですけどね」

「本当に衣鉢《いはつ》を継いでいるのかどうかなんて分かったものじゃない」

「心当たりを訊いてみるっていいますけど、ドクター・デスがＪＫギルドについて知っている保証は何もありません」

「知らないという保証もない。聞くは一時の恥聞かぬは一生の恥という諺《ことわざ》もある」

「訊くのが一時の恥という認識はあるんですね」

「いやに突っかかるじゃないか。犯人の手掛かりを得るために収監中の人間から参考意見を訊くなんて、これが初めてでもあるまい」

「それはそうですけどドクター・デスだけは別です」

敢《あ》えて指摘はしないが、明日香がドクター・デスとの面会を危険視する理由には見当がついている。明日香はドクター・デスを信じられないだけでなく、収監された身である現在も尚怖れているのだ。

そして怖れているのは犬養も同様だった。

明日香と話した直後、犬養は麻生から呼ばれた。

「ドクター・デスに面会するつもりらしいな」

おそらく明日香が注進に及んだのだろうが、腹は立たない。自分が明日香の立場ならきっと同じ行動をとる。

「やめておけ」

麻生の制止に腹が立たないのも同じ理由だ。自分が上司なら必ず止める。

「厚労省から提供された医療従事者のリストを隈《くま》なく潰していくのと、ドクター・デスから参考意見を拝聴するのと、どちらも有意義だと思いますけどね」

むしろ後者の方が手掛かりに直結していると思ったが、それは口にしなかった。既に麻生は警戒心を露《あら》わにし、こちらが抗弁をする前から拒絶の構えでいる。

「あいつの意見が参考になるのか。煙に巻かれるか、さもなきゃ間違った結論に誘導されるのがオチじゃないのか」

麻生の苦言は前回の失策に起因するものだ。捜査本部は熟練の捜査員を揃えていたにも拘わらず、ドクター・デス一人にいいように翻弄され、一度は誤認逮捕まで誘導された。逮捕したのは犬養と明日香だったが、その時ですら主導権を握られていたのだ。

麻生の懸念は痛いほど分かるが、だからといって面会を諦《あきら》める気は毛頭ない。犯人との距離を縮めるには、それこそが最適解だった。

「二度も騙《だま》されませんよ」

「相手が野郎ならな。お前は女には簡単に騙されるだろう。だから前回もやられた。同じ轍《てつ》を踏むな。そもそも普通の女じゃない。長年に亘《わた》って難病の患者を葬ってきたのに、子どもの通報があるまで世間にも警察にも一切知られることがなかった。捜査本部が把握して起訴しているのは二件の自殺幇助と一件の嘱託殺人だが、もちろんそれ以前に何人殺しているか分かったものじゃない。言ってみれば稀代の殺人鬼だ。そんな未決囚の言葉がどれだけ信じられる」

「稀代の殺人鬼だからですよ」

犬養も一歩も退かない。

「依頼者に接近する方法に始まって薬剤の入手・調合・投与まで、ドクター・デスは安楽死に関わるノウハウを誰よりも持っています。ひょっとしたらJKギルドの手口から容疑者を絞り込めるかもしれない。そう考えればドクター・デスから話を聞くのはなかなか有益な手ですよ」

以前、サイバー犯罪対策課の三雲から聞いた愚痴を思い出す。

『言い方はどうかと思うが、犯罪を実行する人間は芸術家で捜査する側は評論家に過ぎない。

評論家にもそれなりの知識があるが、芸術家の知見には到底敵わない。常にいたちごっこで向こうを追い越すのは不可能だよ』

サイバー犯罪も安楽死も新しい犯罪ならば、より犯人側に知見の蓄積がある。三雲の言葉を伝えられると、麻生は苦虫を嚙《か》み潰したように顔を顰めた。

「警察は常に追いかける側だから後追いになるのは当たり前だ。収監中の未決囚から参考意見を訊くのも、まあいいとしよう。しかし相手がドクター・デスとなると課長や部長が問題視しかねない。痛い目に遭ったのは俺たちだけじゃないからな」

「私怨《しえん》ですか」

「怨《うら》んでいるんじゃなく怖れているんだ。ドクター・デスが犯行を続けていた時、外部からの批判は課長から上が一手に引き受けた。捜査員が捜査に集中できるよう差配するのが管理職の務めだから別に恩義に感じる必要もないが、あの一件でドクター・デスに対する心証が悪化したのは確かだ。散々手こずった厄介者が今は檻《おり》の中でじっとしている。折角静かにしているものを変に刺激させたくないんだろうよ」

実際に現場を駆け回った犬養には、組織や上司に護られたという意識が希薄だった。頼りにしたのは精々麻生班の面々と鑑識係でしかなく、逆に上司や外部の意向に忖度《そんたく》した覚えもない。

「いちいち課長や部長に報告するような話ですかね。何か判明したら、結果だけを捜査会議で伝えれば済むことでしょう」

「そういうことを言っていると上にいけんぞ」

「興味ありません」

「お前が興味なくても他の人間がお前に注目している。たとえばほれ」

麻生が顎《あご》で示す方向に、当惑顔の明日香がいた。

「捜査一課で検挙率を誇る刑事がいつまでもヒラのままでいられると思っているなら大間違いだ。お前が昇進するのを待っているヤツがいる」

犬養が警部補となって四年。警部補として四年以上の勤務実績を達成すると、昇任試験の合格を経て課長代理などの業務管理を行う警部職へと昇級する。同期入庁の中には既に二年前から試験対策をしている者もいるが、犬養は麻生に無理やり買わされた参考書を開いたことすらない。

「上に睨《にら》まれたら昇進できるものもできなくなるぞ」

上司の思惑に左右されるような昇進などこちらから願い下げだと思ったが、口にはしなかった。

「できるかどうか分からない昇進の話よりも、今はＪＫギルドをどうしたら捕まえられるかでしょう。そのためなら未決囚にだって会いますし、犠牲者の墓を暴きもしますよ」

麻生はしばらくこちらを睨んでいたが、やがて忌々しそうに舌打ちをした。

「許可を待てと言われて待つような顔をしていないな」

「待っているうちに犠牲者が増えるだけですよ」

「……報告だけはしておけ」

そう言い残して麻生は出ていけというように片手を払う。どうやら津村たちには事後承諾のつもりらしい。犬養は軽く一礼して麻生に背を向けた。

東京拘置所に向かう車中、明日香はずっと黙り込んでいた。

「ついてくるとは思わなかった」

犬養が話し掛けると、ようやく明日香の唇が開いた。

「犬養さん一人でいかせる訳にいきませんよ」

「別にメルトダウンした原発に突入するんじゃないぞ。相手は四方を分厚いコンクリートの壁に閉ざされた未決囚だ。面会人を取って食ったりはしない」

「メルトダウンした原子炉だって四方を分厚い壁で覆われています。それに原子炉はこちらに話し掛けたりはしません」

その口調で明日香が今まで黙っていたのは、怒っているのではなく怯《おび》えているからだと分かった。

「原子炉よりもドクター・デスが怖いのか」

「原子炉より、よっぽど得体が知れないです」

普段であれば容疑者に対し毅然《きぜん》として一歩も退かない明日香が、ことドクター・デスには腰が引けている。よほど前回の事件で苦手意識を刷り込まれたらしい。

もっとも犬養も偉そうに言えた義理ではない。ドクター・デスを逮捕する直前、今まさに最後の被害者が殺害されようとした際に手も足も出なかった。拘束されていた訳でもないのに制止できなかったのは、精神的に圧倒されていたからだ。見るからにひ弱で、明日香でも容易に組み伏せられる体軀《たいく》。だが口から発せられる言葉には寸鉄人を刺すような鋭さと、抗《あらが》いがたい独自の説得力を備えていた。明日香の言う得体の知れなさとはそういうことだ。正邪の基準が犬養たちとかけ離れているため、論理的な抗弁が通用しない憾《うら》みがある。

逮捕後の取り調べに対し、ドクター・デスは表面化している三件について関与を認めたため、翌日東京地検に身柄を送検された。既に公判前整理手続きも終了し今年六月には初公判が予定されている。

検察側の起訴内容は二件の自殺幇助と一件の嘱託殺人だった。ともに殺人罪の減刑類型であり、法定刑は全て六カ月以上七年以下の懲役又は禁錮《きんこ》と比較的軽いが、三件を併科させることで殺人罪並みの求刑を目論んでいる。それは世論に対する検察の意思表示でもあった。

検察側にしてみればドクター・デスの犯行は殺人の類型に過ぎないが、世間では安楽死の水先案内人という観点で捉えている者も少なくない。積極的安楽死に関する法整備もされない現状、報酬が実費のみの二十万円という事情も手伝い、難病に苦しむ患者とその家族への福音という見方が一部で支持されているのだ。

このまま積極的安楽死がなし崩しに容認され、自殺幇助が有名無実になるのは断じて避けたい――検察がドクター・デスの犯行に厳罰を求めるのは、そうした事情によるものだった。

拘置所に到着した二人は面会手続きを済ませて待合フロアに進む。フロアのモニターには受付番号が表示され、犬養たちに手渡された整理番号と同じ番号が呼び出されたら受付窓口から面会室に向かう。コンクリート打ちっぱなしの廊下の突き当たりにホールがあり、設置されたエレベーターで指示された面会フロアに進む仕組みだ。

「東京拘置所って全面改築されたんですよね」

「ああ、北収容棟も完成して改築終了している。それがどうかしたのか」

これですよ、と明日香は整理番号の記されたA5サイズの紙片をひらひらと振ってみせる。

「紙に書いた整理番号、殺風景なコンクリート打ちっぱなしの廊下。まるで昭和の時代の遺物じゃないですか」

普段であれば、刑事施設の中で堂々と愚痴を垂れるような人間ではない。明日香の軽口は緊張を紛らせるためのものに相違なかった。

面会フロアに下りると、待機していた係員に整理番号の紙を渡す。

「9番。三号室になります」

面会室は左右に各五部屋ずつ用意されている。犬養と明日香は左から三番目の部屋へ足を踏み入れる。

部屋を二分するアクリル板の前にはパイプ椅子が三脚置いてある。面会者を歓待する気など最初から放棄している仕様も、明日香に言わせれば前近代的なのだろう。

間もなくしてアクリル板の向こう側に、刑務官に連れられた彼女が現れた。

「久しぶりですね、犬養さん」

ドクター・デスこと雛森《ひなもり》めぐみはゆっくりと頭を下げた。ショートボブの丸顔に小さな目。およそ目立つことを拒否するような面立ちのこの女が世間を騒がせたドクター・デスだと、いったい誰が思うだろうか。

「少しやつれたんじゃないのか」

「まさか。規則正しい生活が続いているからダイエットに成功したんですよ。犬養さんこそ、ちょっと見ないうちに余分な肉がついたように見えます。よかったら、こちら側にきませんか。

ちょうどわたしの隣の房が空いていますよ」

「多少の贅肉《ぜいにく》なら、犯人を追っているうちにそげ落ちるから心配してくれなくてもいい」

「高千穂さんもこんにちは。あなたは相変わらず健康そうな身体で何より」

「……どうも」

囚《とら》われの身で却《かえ》って緊張する理由がないからか、めぐみはまるで自宅で客をもてなすような口ぶりだ。

「ところで犬養さん。まさかわたしに健康相談をしにきた訳じゃないでしょう」

「雛森さん。最近、巷《ちまた》で起きている事件を知っているか」

「はい。こんな場所でも新聞くらいは売ってますからね」

拘置所では代金さえ払えば新聞を購読できる。犬養の記憶では確か三紙のうち一紙しか購読できないはずだが、それでも世の中の動きを知るには充分だろう。

「岸真理恵さんがパーキンソン病との闘いの末、安楽死を選択した……驚きました。映画をあまり観ないようなわたしでも知っている大女優さんですからね。それから、とても後悔しました」

「後悔。どうして」

「どうせ安楽死を選ぶのならわたしに依頼してほしかった。わたしだったら彼女が望み得る最高の状態で逝かせることができた」

冗談を言っている顔ではない。めぐみは心底から残念そうだった。

「岸真理恵さんの事件の前には、やはり長山瑞穂というＡＬＳの患者さんが何者かに安楽死を依頼した。二つの事件に共通性を見出《みいだ》したので警視庁は連続殺人事件として捜査を開始した。新聞の報道ではここまでだったと思います」

「あなたは安楽死のオーソリティーだ」

「あら。光栄」

「二つの事件はあなたの犯行を模倣していると思わないか」

「見出しを見た瞬間に思いましたよ。安楽死の具体的な方法はどんな風だったのですか」

「あなたのやり方と酷似している。チオペンタールで患者を意識不明にさせてから高カリウム製剤を投与している」

「その二つを使用する方法は元祖ドクター・デスに関する文献を漁《あさ》れば一般の人でも仕入れることができます。わたしのやり方と酷似しているというより、元祖の方法を踏襲したというべきでしょう」

「文献は俺も一部読んだ。だが使用する薬剤は書いてあるが、その分量にまでは言及されていなかった」

「チオペンタールの用量や静注速度は年齢・体重とは関係が少ないけれど個人差があって一定ではないからです。塩化カリウム製剤についてはいくつか種類があり、それぞれによって致死量も違ってきます」

安楽死のための方法を語っているにも拘わらず、めぐみの口ぶりはあまりに淡々としており不思議に違和感がない。

「ただし新聞報道では、長山瑞穂さんや岸真理恵さんが苦しまれたかどうかまでは分かりません。解剖報告書でもあれば採取した血液の成分分析でおおよそは想像できるんですけどね」

「一番の違いは薬剤の用量ではなく、報酬金額だろう。あなたとは大違いだ」

「おいくらなんですか」

「二百万円」

金額を聞いた途端、めぐみの顔が強張《こわば》った。

「大金ですね。とても実費のみの金額とは思えません」

「あなたにも、その程度の庶民感覚は残っていたか」

「ちょっと心外です」

めぐみは本当に心外そうに唇を尖《とが》らせる。

「わたしは金銭目的で安楽死を請け負っていたんじゃありません。わたしの暮らし向きがどんな風だったかは、アパートの部屋を家宅捜索した犬養さんたちならご存じでしょう」

犬養はめぐみの住んでいた部屋を脳裏に甦《よみがえ》らせる。２ＤＫのこぢんまりとした部屋。インテリアの類は最小限に抑えられ、娯楽と呼べるのは十四型の薄型テレビだけだった。一人暮らしの女性の住まいとしてはひどく侘《わび》しい印象だったのを憶《おぼ》えている。

「医は仁術なんてカビの生えたことを言うつもりはありません。だけど、いくら患者さんの要望とは言え、人を殺して多額のおカネを請求するほど恥知らずでもありません」

「あなたならそう言うだろうと思っていた」

めぐみは遠方の患者の許《もと》にも赴いたが、それで報酬を割り増ししたことはないと言う。どこの場所のどんな患者に対しても報酬は二十万円ぽっきり。それは人の命は皆平等であり、その命を死に向かわせるのにもやはり報酬の多寡は存在しないというめぐみの主張が表れていた。

「警察はわたしのことを凶悪犯だと信じて疑わないのでしょうね」

「警察も検察も法律を基底に善悪を決めている。違法行為の末に人命を奪えば、凶悪犯と捉えられるのは当たり前だろう」

「でもわたし自身はそう考えていません。わたしはあくまで医療従事者です。ただし他の医療従事者がしたくてもできない医療行為を専門にしている変わり者ですけどね」

やはり冗談を言っている顔ではない。めぐみは己を犯罪者と考えてもいなければ、積極的安楽死を犯罪とも思っていない。ふと横を見れば、明日香が表情を強張らせている。膝《ひざ》の上に置いた両拳《こぶし》は白くなるほど固く握り締められている。明日香が望むと望まざるとに拘わらず、この場では口を開かせないのが妥当と犬養は判断する。

「警察はわたしの模倣犯を何と呼称しているのですか」

「警察が、と言うより、本人がサイトで名乗りを上げている。名前はＪＫギルド。あなたならＪＫが何の略称か分かるはずだ」

「直訳でジャック・ケヴォーキアン組合、といったところかしら」

「俺もそう考えた。すると組合という単語に引っ掛かる。今度の犯人は複数である可能性がある」

「あるいは複数に見せかけた単独犯。犬養さんのことだから、当然その可能性も考えているんでしょ」

「世の中に正直な犯罪者はいないというのが、俺の持論だ」

めぐみは憐《あわ》れむような目でこちらを見た。

3

「それで犬養さん。この面会の目的はいったい何なのですか。わたしに模倣犯の存在を伝えて不機嫌にさせるためとも思えませんけど」

「あなたは積極的安楽死の報酬に大金をふんだくるJKギルドをどう思う。同じ志を持った者か、それとも商売敵か」

「どちらも微妙に違います。強いて言うなら真っ赤な偽者」

めぐみはにこりともしなかった。

「JKギルドという人物または組織は、ジャック・ケヴォーキアンの名前を掲げていながら彼の遺志を蔑《ないがし》ろにしています。ジャックはその医療行為が違法であったことが必要以上にクローズ・アップされましたが、その基本理念は終末期患者の〈死ぬ権利〉の主張でした。でも犬養さんの話をお伺いする限り、JKギルドは営利目的が主であるように思えます。それはジャック・ケヴォーキアン＝ドクター・デスの理念とは程遠いものです」

拘留中の未決囚の口から理念という言葉を聞くのは妙な気分だったが、一方でめぐみのような確信犯には相応《ふさわ》しいような気もする。

「じゃあ、あなたにとっては敵という解釈でいいんだな」

「どうにかしてわたしとJKギルドを対立させたいような言い方に聞こえますね」

図星を指されて犬養はわずかに動揺する。焦る気持ちが言葉尻に出ていたのかもしれないが、めぐみの鋭さも相変わらずだ。拘置所での制限された生活も彼女から思考能力を奪えなかったらしい。

元より犬養は女の心を読むのは苦手だ。だからということもないのだろうが、逆にこちらの考えなど容易く見透かされているような不安が絶えずある。この場でめぐみと心理戦に臨んだところで時間の浪費にしかならない。

「有体に言えばそうだ」

「そちらの事情を説明してもらえれば何かしら協力できるかもしれません」

「ＪＫギルドの情報が欲しい。本人の特定に繋がるものでもヤツが次に狙う犠牲者の見通しでも何でもいい」

めぐみはすぐに返事をせず、こちらの思惑を探るように見つめてくる。初対面の時には狼狽《ろうばい》して碌《ろく》に目を合わせようともしなかったのに、正体を露呈させてからはまるで遠慮がない。

「類似の事件だから、拘留中の囚人から事情聴取しようというのですか」

「そうだ」

「仮にわたしが捜査本部に有益な情報を提供したとして、わたしの裁判に何か有利になることがあるんでしょうか」

隣に座っていた明日香が更に緊張したのが雰囲気で分かる。

めぐみは司法取引に言及しようとしているのだ。

「取引ということか」

犬養が鎌をかけてみると、めぐみは知っていて当然というように頷《うなず》いてみせた。

「積極的安楽死が違法行為であるのは知っていましたから、少しでもわたしに関わりそうな法律は調べました。司法取引もその一つです。あくまで概要だけですけどね」

日本の司法取引制度は二〇一六年の刑事訴訟法の改正により、二〇一八年六月一日から施行された。欧米の司法システムではずっと以前から自らの犯罪を認める代わりに自らの犯罪の量刑を軽くしてもらう「自己負罪」型の司法取引が多く行われているが、日本版の司法取引は他人の刑事事件の捜査協力をする対価に自らの犯罪を不起訴または求刑を軽くしてもらうという相違点がある。また被害者などの国民の理解が得られやすいことから、企業の関わる経済犯罪（談合、脱税、贈賄など）、薬物銃器犯罪や組織的詐欺などを対象としているのも特徴だ。

「この国の司法取引は適用範囲が限定されています。JKギルドの行っている積極的安楽死がその適用範囲に該当するかどうか。そもそもこれは検察官からの発案なのですか。それとも犬養さんの独断専行なのですか。もし犬養さんの独断専行ならわたしがいくら情報提供しても滅私奉公みたいじゃありませんか。第一、わたしの弁護人にも相談しなければなりません」

そこまで知っているのかと、犬養は舌を巻く。

司法取引の協議には被疑者・被告人だけでなく弁護人の関与が条件と必要とされており、司法取引に合意するためには弁護士の同意が必要となる（刑事訴訟法第三五〇条の三　三五〇条の四）。

「そう言えば聞いていなかった。あなたが選んだのは国選の弁護人だったな。いったい誰だ」

「東京第一弁護士会の平沢克己《ひらさわかつみ》という弁護士さん。誠実でいい人ですよ」

めぐみの言葉に微妙な険を感じる。めぐみはプロフェッショナルには専門の知見しか望まない人間だ。弁護士には当然ながら法律知識と交渉術を求めるはずだ。自身の弁護人を評するのに誠実さを挙げるのは、むしろその弁護人が無能であるのを論《あげつら》っているようなものだ。

だが半面、弁護人が有能でないのは検察側にとって福音でもある。そもそも国選弁護人なら弁護に費やせる予算に限界があるので、めぐみが無罪判決や減刑を勝ち取れる確率は低い。言い換えればこちらの要求に応じる可能性がより高い。問題はいみじくもめぐみが指摘した通り、司法取引に関して担当検事が許可するかどうかだ。ＪＫギルドの犯罪は今や全国に知れ渡った重大事件であり、検察庁も捜査の進捗《しんちょく》に一喜一憂していると聞いた。事件を解決するためなら司法取引にも応じると思えるが、こればかりはどの検察官が担当するかに左右される。

「やっぱり犬養さんの独断だったみたいですね」

犬養の葛藤《かっとう》を見透かしたようにめぐみがうっすらと笑う。こちらを挑発しているのは明らかだった。

「まさかわたしが拘置所に入っているうちに、犬養さんは裁量権を持つ階級に昇格したのかしら」

「あなたは拘置所に入っているうちに皮肉がより悪質になった。それはともかくとして、あなたには司法取引を持ちかけるほどの情報があるのか」

不慣れな交渉事だが、どのみちめぐみがどんな情報を握っているかは探っておく必要がある。

「わたしを値踏みするつもりですか」

「取引するんだ。買い手が品物を値踏みするのは当然だろう」

「逮捕されてからわたしが入手できる情報源は新聞のみ。それでＪＫギルドの特定に繋がる手掛かりや次の犠牲者の見通しを教えろとか、色々無理を言ってやしませんか」

「報道されている以上の情報も開示しろという意味か」

「小説の中の名探偵じゃあるまいし、新聞記事だけで犯人を当てるような芸当は無理です」

「犬養さん」

犬養が口を開こうとした時、横から明日香が袖《そで》を引く。言わんとすることは訊かずとも分かる。司法取引が決定事項になるまでは容易に捜査情報を洩《も》らすなという注意勧告だ。ここでの会話は刑務官も記録している。まさか後輩から注意される羽目になるとは思ってもみなかったので、犬養は苦笑せざるを得ない。

この場で最初にカードを出すのが不利なのは自明の理だ。だからと言ってお互いに様子見に終わるのは避けたい。こちらにそんな時間的な余裕はなく、最低でもめぐみの意思に楔《くさび》を打ち込むくらいはしておきたい。

「さっき自分のする積極的安楽死は医療行為であって、ＪＫギルドのそれは営利目的と言ったな。ではあなたが安楽死の報酬として受け取った二十万円は純然たる実費なんだな」

「取り調べで供述した通りです」

「俺はあなたの言い分を信じよう。だとするとＪＫギルドの受け取った二百万円は完全に報酬であり、言い換えればヤツは二百万円で命のやり取りをしたことになる。いいか、二百万円で人の命を売り買いしたんだ」

瞬間、めぐみの顔が強張った。

「あなたが積極的安楽死を医療行為だと主張するのなら、人の命を売り買いするＪＫギルドはあなたと俺たち共通の敵ということになる。それだけじゃない。ＪＫギルドを野放しにしておけば、必ず便乗犯が出てくる。二百万円でなくてもカネさえもらえれば嬉々《きき》として塩化カリウム製剤を打ちまくるヤツらが現れる。報酬もダンピングが始まるかもしれない。そうなれば命の大安売りだ。それはあなたの理念に反することじゃないのか」

犬養が畳み掛けると、めぐみは唇を歪《ゆが》めた。

「わたしを誘導するつもりですか」

「誘導なんかじゃない。ただの確認だ。司法取引するにしてもお互いをより理解することが前提になるだろう」

「そんなことを言われたらわたしは捜査に協力するしかないじゃないの。少し会わないうちにあくどくなったのは犬養さんの方でしたね」

めぐみは犬養を束の間睨んだ後、諦めたように表情を緩めた。どうやら彼女の心に楔を打ち込むことは成功したらしい。

「担当検事に司法取引について確認してみる。あまり時間をかけないから待っていてくれ」

「犬養さんが検事さんを説得してくださいな」

「説得させたいのなら、あなたのアドバンテージを教えてくれ」

「どういうことですか」

「司法取引に拘《こだわ》るのは、あなたが相応の手掛かりを握っているからだと考えていいんだな」

「捜査の役に立つかどうかは犬養さんたち次第ですけど」

「ヒントだけでもくれないか」

めぐみはしばらく考え込んでから視線を斜め上に向けた。

「今もそうだけど、以前はもっと積極的安楽死に対しては否定的な風潮でした。医師や看護師になりたての人間が、最初からそんな危険な考えに賛同すると思いますか。人が尖鋭《せんえい》的になるには何かのきっかけなり働きかけが要ります」

「あなたの場合はリビアの内戦だったな」

当時〈無国籍医師団〉に参加していためぐみは、戦場で安楽死を希求する多くの患者たちに出逢《であ》った。そこでは積極的安楽死は医療というよりも救済の意味合いが強く、めぐみがドクター・デスを名乗り始める契機となったのだ。

「まさかＪＫギルドも〈無国籍医師団〉の関係者だと言うのか」

「犬養さん、積極的安楽死についての論議自体はずっと昔からあったのです。仲間内のちょっとした勉強会みたいなものね。〈無国籍医師団〉のメンバー、スタッフでなくとも難病患者、死を待つしかない人を抱えた医療従事者はこの国だけでも星の数ほどいるのですよ」

犬養の胸に刺さる言葉だった。沙耶香の看護をしてくれている病院のスタッフたちがまさにそうではないか。

「非常にセンシティブな問題だから表に出にくいだけで、医療現場では以前から喫緊の課題とされています。同業者の間で何度も協議されれば、その中から積極的安楽死に賛同する者が出てきて何の不思議もないでしょう。もちろん、その賛同者たちが公式に声を上げることはないし、記録に残ることもありません」

「あなたはそうした勉強会に出席した医療従事者を知っているというのか」

「同じ業界で飯を食っていれば、そうした噂は嫌でも耳に入ってきます。ましてやわたしは積極的安楽死を自ら実践している立場でしたからね。興味があって当然でしょう」

めぐみの言葉には生中な反論を許さない説得力があった。だが犬養以外の人間を納得させるためには更なる信憑性が必要になってくる。

「あなたのスマホとパソコンは既に押収されて徹底的に解析されている。だが、あなたの積極的安楽死に同調した人間について保存された情報は一切なかったと報告を受けている」

「本当に憶えなくてはいけない知識は記録するものじゃなくて記憶するものでしょう。犬養さんだって、犯人の嘘の見分け方をいちいちマニュアルとして残している訳ではないでしょ」

「あなたの頭の中に備わっているハードディスクには住所録が収まっているのか」

「住所やケータイの番号までは無理にしても、名前と勤務先の病院くらいは暗記していますよ」

犬養も以前に検挙した犯人の顔と名前、当時のプロフィールくらいは憶えている。意識せずとも仕事に関連した事柄は脳が勝手に記憶してしまうものらしい。おそらく職業癖のようなものなのだろう。そう解釈すればめぐみの記憶力も信用してよさそうだった。

「分かった。あなたの記憶力は確かだということも含めて捜査本部に進言してみる」

少なくともめぐみの情報源については相応の確信を得ることができた。初回の交渉とすれば御の字だろう。

「また来る」

犬養が腰を浮かした時、めぐみが制止した。

「担当の検事さんが困らない方法があるんですけど」

「何だ」

「二者択一という方法です。わたしとの司法取引を望んでいないのなら、もう一つの選択肢があると説明してもらえませんか」

「もう一つの選択肢とは何だ」

「わたしの弁護人を交代してもらうことです。正直、今の平沢さんでは少し心許なくて。でも国選弁護人を一度解任してしまうと、次は私選弁護人を雇うしかないんですってね。わたしにそんな金銭的な余裕はありません。だから多少法規を曲げてでも、わたしに敏腕の弁護士をつけてくれませんか」

刑事訴訟法第三十八条の三の第一項では国選弁護人を解任できる場合を定めているが、実務上は国選弁護人の交代ではなく私選弁護人への移行がほとんどだ。

「法で認められない医療行為を始めた頃から腕の立つ弁護士さんの話がよく耳に入るようになりました。いつお世話になるか分かりませんからね。欲深だけど滅法優秀な弁護士……御子柴《みこしば》とかいう人でしたか。その人に弁護に立ってもらえれば、わたしとしてはとても嬉《うれ》しいですね」

御子柴の名前を聞いた刹那《せつな》、犬養は一刻も早く面会室から出ていきたくなった。

東京拘置所から捜査本部に戻った犬養たちは早速麻生に面会の結果を伝える。普段から独断専行の傾向が否めない犬養だが、担当検事の承諾が必要な今回ばかりは規定の手順を踏まなければならない。

「司法取引だけでもいい加減頭が痛いっていうのに、選りに選って御子柴弁護士ときたか」

案の定、麻生は当惑したように顔を顰めてみせた。

およそ司法に携わる者なら御子柴礼司《れいじ》の名前を知らぬ者はいないだろう。日本一強欲だが日本一優秀な弁護士。犬養自身も一度ならず相まみえたが噂に違わぬ辣腕《らつわん》ぶりで、検察と警察が彼を不倶戴天《ふぐたいてん》の仇と見做《みな》しているのが理解できた。聞いた話では検察が起訴した案件の有罪率百パーセントを阻んでいる最大の要因が御子柴弁護士らしい。司法取引と御子柴弁護士、どちらかの二者択一とめぐみは提示したが、それは火責めか水責めを選べと言うようなものだ。

「まさに究極の選択か。獄に繋がれていても相変わらずこちらを翻弄してくれる女だな」

麻生は忌々しそうに呟《つぶや》く。独り言のように聞こえるが、半分は犬養に対する嫌みのようなものだ。二人の間をとりなすように明日香が口を差し挟む。

「犯行を繰り返していた頃と全然変わりませんでした。悪びれもせず、落ち着いていて、上から目線で」

めぐみを悪しざまに論《あげつら》うことで犬養を庇《かば》っているつもりだろうが、言葉を重ねれば重ねるほどこちらは惨めになっていく。それすら判断できないのは、明日香もまためぐみに翻弄されている証拠だった。

医療現場では積極的安楽死が密《ひそ》かに取り沙汰《ざた》されていたというめぐみの証言を聞くと、麻生は更に悩ましげな顔をする。

「雛森めぐみ以外の医療従事者に同じ質問をしても、センシティブな問題だから関わり合いになるのを怖れて情報提供はしてくれそうにない、か」

「ええ。一方、雛森めぐみの方は情報提供をすればするほど自身の要求が通りやすくなる」

「既に訴えられている分、雛森めぐみが有利という訳か。ふん、胸糞《むなくそ》悪い話だ」

吐き捨てるように言うと、麻生は犬養たちに背を向けた。

「課長と、担当検事に伝えてくる」

ドクター・デスの事件で捜査を担当しているのは東京地検の氷野《ひの》という検事だが、良くも悪くも杓子《しゃくし》定規な人物というのが大方の評価だった。逸脱を嫌う人間に常識外れの二者択一を迫ると卓袱台《ちゃぶだい》を引っ繰り返しかねない。めぐみからの情報提供が頼りである現状、交渉決裂になることだけは避けたい。

「よければ俺も同行しましょうか」

「こういうのは班長の仕事だ。手伝いたけりゃ、早く昇任しろ」

憎まれ口にいつものキレがない。捜査の陣頭指揮を執っている麻生が犬養や明日香よりも思い悩んでいるのは当然だった。

めぐみと司法取引を交わす件は直ちに刑事部長を介して氷野検事に伝えられた。場合によっては直接の窓口になった自分も呼びつけられるかもしれないと犬養は覚悟していたが、結局声が掛かることはなかった。麻生がぼやいたように、組織には殴られるためのポストが歴然と存在する。

「いつもはお上品な氷野検事がえらく激昂《げきこう》したそうだ」

自身も上席者から小言を食らったらしく、麻生は倦《う》んだ顔を犬養たちに見せる。

「減刑を前提とした司法取引を取るか、それとも法廷で御子柴を相手に闘うか。前例主義に凝り固まった検察は経済犯罪と組織的詐欺以外で司法取引を援用するのに躊躇《ちゅうちょ》している。そうかと言って自分から御子柴を敵に回すような真似はしたくない。どちらを選んでも対応に苦慮するのは目に見えていて、それが早いか遅いかだけの違いだ。氷野検事が怒るのも無理はない」

「しかし怒るからには、どちらかを選ばなきゃならないと考えたということでしょう」

「検事は御子柴との対決を避けた」

麻生の口ぶりは明らかに検事の弱腰を嘲《あざけ》っていた。

「検事は雛森めぐみに対して、かなりの厳罰を求刑しようとしていたフシがある。起訴の対象は二件の自殺幇助と一件の嘱託殺人だが、それ以外にも山ほどの余罪が隠れている。一罰百戒、ＪＫギルドのような模倣犯の出現を予防する意味でも極刑を検討していたらしい」

極刑と聞いて犬養はわずかに身構える。被害者不在の犯罪、被害者とその遺族から感謝される犯罪にも拘わらず、司直は犯人を極刑にしようとする。市民感情と司法判断の乖離は度々指摘されているが、これはその最たるものではないか。

「ただ、過去の安楽死による嘱託殺人ではそれほど苛烈《かれつ》な判決が下されていない。つまり雛森めぐみの量刑に関しては、まだ譲歩する余裕がある。御子柴相手に減刑されるよりは、求刑の段階で調整してソフトランディングした方がまだ面子が保てると判断したんだろう」

一九九一年四月十三日、東海大学附属病院の医師が昏睡《こんすい》状態に陥っていた末期がんの男性患者に対し、希釈しない塩化カリウムを静脈注射して死亡させた。世に言う東海大安楽死事件だ。検察側は懲役三年を求刑していたが、一九九五年三月二十八日一審の横浜地裁は被告人である医師に懲役二年執行猶予二年の判決を言い渡した。現在、これが積極的安楽死に関わる最新の判決であり、判例主義を重視する裁判官であれば雛森めぐみに極刑を言い渡すかどうかは微妙なところだ。従って氷野検事の判断はより現実に沿ったものと言える。

「ただしどれだけ量刑を減縮するかは捜査協力の度合いによるそうだ。雛森めぐみに可能な限り協力させた上でＪＫギルドを早急に検挙する。そうなれば検察側が交渉を有利に進められる。早い話、懲役を少し縮めるだけでも取引に応じたことになるからな」

予想していたことなので犬養も驚きはしなかった。だが明日香は違ったらしい。

「しかし班長。雛森めぐみなら検察の思惑くらいお見通しじゃないんですか」

彼女には何度か裏をかかれた苦い記憶がある。明日香が警戒するのも当然だ。

「だろうな」

苦い記憶を共有する麻生は分かりきったことを訊くなと言わんばかりだった。

「氷野検事は雛森めぐみを、欲にからんだ看護師くらいにしか思っていない。司法取引に応じた瞬間から雛森めぐみも検事を出し抜こうと画策してくるだろう。とんだキツネとタヌキの化かし合いだ。で、その伝言係はお前になる」

麻生は底意地の悪い視線を犬養に投げて寄越す。元よりめぐみに捜査協力を依頼するというのは犬養の発案だったから、せめて伝言係は甘んじて受けろという意味だ。

「伝言係は構いませんけどね、班長。経済犯罪や組織的詐欺でもないのに、どうやって司法取引を正当化させるつもりなんですか。弁護人は説得できたとしても、これは一種の超法規的措置みたいなものでしょう」

「氷野検事はまだ求刑もしていない。厳罰を求めるつもりだったが、判例を考えれば懲役五、六年でも量刑としては妥当だ。雛森めぐみに対しては死刑から懲役六年にしたと伝えれば大した減刑になると恩を着せることができる」

「当事者にとっては減刑でも、対外的には司法取引でも何でもない。つまり、そういうことですか」

「いかにも逸脱を嫌う氷野検事らしいだろ」

いずれにしても折衝の窓口になるのは自分だ。これから氷野検事と雛森めぐみの間に立って双方の毒に当てられることを考えると、今から胃もたれがしそうだった。

「伝言係として確認しておきますが、雛森めぐみはかなり突っ込んだ捜査情報を要求してきますよ」

めぐみが本格的に捜査協力をしようとするなら、被害者と家族のプロフィールはもちろん、地取りや鑑取りの結果や解剖報告書の内容も教えろと求めてくるだろう。

「捜査本部が抱え込んでいるものと同等の情報をくれなければ犯人像も摑《つか》めない。そういうことを平気で言ってくるでしょうね」

「どのみち彼女は塀の中の住人だ。多少の情報を与えたところでマスコミに洩れるようなことはあるまい。もちろん今後はマスコミ各社との接触を完全に遮断するのが情報開示の条件になる。それが氷野検事の意見だ」

「全マスコミのシャットアウトですか。捜査本部が東京拘置所にそんな命令を下せるものですかね」

「別に東京拘置所は関係ない。誰が面会に訪れたかくらいはこっちも把握できるからな。素性を調べてマスコミ関係者だと判明した時点で雛森めぐみとの司法取引は灰燼《かいじん》に帰す。本人には通知されないままにな」

氷野検事が雛森めぐみを己の管理下に置こうとしているのは明白だった。

4

翌日、犬養と明日香は氷野検事の条件つき回答を携えて東京拘置所の雛森めぐみを訪れた。

「マスコミ関係者との面会謝絶ですか」

検察側の対応を予測していたのか、めぐみは大して驚いていない様子だった。

「言い換えれば、必要な捜査情報も開示してくれるという意味ですよね」

「念のために言っておくがあなたに都合のいい話ばかりじゃない。いったん司法取引となったら、あなたが提供する情報は全て証言として採用される。つまり虚偽の申告をした場合には偽証罪に問われることになる」

法的には刑事訴訟法三百五十条の十五に規定されている内容だ。

『第三百五十条の二第一項の合意に違反して、検察官、検察事務官又は司法警察職員に対し、虚偽の供述をし又は偽造若しくは変造の証拠を提出した者は、五年以下の懲役に処する。』

犬養が条文を伝えると、めぐみはつまらなそうに唇を尖らせた。

「東海大安楽死事件では被告人の医師に下された判決は懲役二年執行猶予二年でしたよね。積極的安楽死で懲役二年、たかが偽証したくらいで下手すれば懲役五年。日本の法律というのはどうもちぐはぐな感じがしてなりません」

「多少緩い部分がないと、個別案件について柔軟な対応ができないからだろう」

言い繕いながら、犬養は自己嫌悪に苛《さいな》まれる。検察側は司法取引の約束事を破棄するつもりが満々なのに、一方ではめぐみを法律で縛ろうとしているのだから欺瞞《ぎまん》も極まりない。

「まあ、いいです。法律上のことは弁護人に一任している訳ですから」

犬養の葛藤を知ってか知らずか、めぐみは己の手枷《てかせ》足枷にはさほどの抵抗がないように見える。

「検事さんには話が通っている。後は弁護人が同意してくれれば司法取引成立ですよね」

「ああ、そうなる」

「平沢さんなら抵抗なく同意してくれると思います。いい意味でも悪い意味でもわたしの裁判にあまり執着がないみたいだから」

「もう少し敬意を払ってもいいいんじゃないのか。法廷では唯一、あなたの味方なんだ」

「法廷内ではね」

めぐみは皆まで言おうとしないが、続く言葉には見当がつく。法廷の外には積極的安楽死を肯定し、めぐみの行為を医療行為の一種と唱える者たちが存在するのだ。

医療界のジャンヌ・ダルクにでもなったつもりか。

思わず喉《のど》まで出かかった言葉を慌てて呑《の》み下す。これから協力を得ようとする相手を挑発して得なことなどない。真横を見れば、やはり明日香が何かを堪えるかのように唇をきつく噛み締めていた。

犬養さんたちにも思うところはあるでしょうけど、と前置きしてからめぐみは口調を一変させた。

「ＪＫギルドという人物を早急に逮捕してほしいというのはわたしも同じです。本人はジャック・ケヴォーキアンの衣鉢を継ぐようなことを表明していますが、その実態は注射器を持っただたの殺人者です。きっと報酬さえもらえれば、健康体の人間まで安楽死させかねません。わたしは医療従事者の一人としてそれが許せないのです」

それまでの、どこか犬養たちを揶揄《やゆ》するような響きは消え、彼女なりの職業倫理が吐露されていた。

めぐみは犯罪者ドクター・デスには違いない。しかし積極的安楽死に信念を持つ医療従事者でもある。犯罪者のドクター・デスは信用ならないが、医療従事者としての雛森めぐみは信用していいのではないか。父親としては失格の烙印《らくいん》を押された犬養が、警察官としては相応の評価を受けているのと似たようなものだ。

「あなたの職業倫理を信じるとしよう」

「わたしも犬養さんの職業倫理を信じることにします。くれぐれも裏切らないでほしいわ」

本来であれば手を差し出す場面なのだろうが、二人の間を遮るアクリル板がそれを許さなかった。

「弁護人の同意は得られると思うか」

「得るも得られないも、わたしが無理にでも説得しますよ」

「じゃあ早速、教えてもらおう。あなたがドクター・デスとして活動する頃から、医療の現場では積極的安楽死についての勉強会があちこちで開かれていたと言っていたな。どこでどんなメンバーが参加していた。住所やケータイの番号までは無理にしても、名前と勤務先の病院くらいは暗記しているんだったな」

「順序が逆じゃありませんか」

めぐみは口角を少し上げる。

「まずＪＫギルドの手口を教えてくださいな。犬養さんのことだから解剖報告書や使用された薬剤の分析結果はもう用意してありますよね」

「ああ」

「塩化カリウム製剤にしてもチオペンタールにしても製薬メーカーによって成分が異なります。また医療機関によって納入されるメーカーも決まっています」

「つまり使用された薬剤の製品で、ＪＫギルドの勤め先が特定できるというのか」

「特定というよりは絞り込みですね。でも範囲が狭まるから、干し草の山の中から針を探すような真似からは解放されますよ」

以前に関わった捜査で、薬剤に関しては医師よりも薬剤師や看護師の方が詳しいことを知っている。犬養は解剖報告書と成分分析表のコピーを拘置所経由でめぐみに渡すことを約束し、この日の面会を終えた。

二度目の面会を果たした同日、犬養たちはめぐみの弁護人が司法取引に合意したことを麻生から伝えられた。

「彼女の弁護人に会ってきます」

「何を言い出した」

麻生は犬養の言葉に表情を険しくする。

「被告人を逮捕した刑事が弁護人に会いにいくっていうのか」

そうそうあることではないので、麻生もこちらの意図を摑めないのだろう。

「司法取引が成立したレアケースの案件です。犯人に対するアプローチもレアケースが許されると思います」

「何を企《たくら》んでいる」

「企むなんて大層なもんじゃありません」

犬養はめぐみが己の弁護人をあまり頼りにしていないことを知らせる。

「雛森めぐみの言葉が本当かどうか確かめる意味もあります。彼女と弁護人との信頼関係如何《いかん》によって、今後の協力体制を左右しかねません」

「他にも理由がありそうだな」

「弁護人の能力を知っておくのも雛森めぐみ対策の一つです」

しばらく考え込んだ後、麻生は渋々といった体で頷いた。


平沢弁護士の事務所は大田区《おおたく》蒲田《かまた》の雑居ビルの中にあった。社員弁護士を何人も抱える法律事務所ではなく、個人営業の典型的なマチ弁のようだ。見るからに軋《きし》み音のしそうなエレベーターに乗り、事務所のある階へと向かう。何やら明日香は落ち着かない様子だ。

「何だ。エレベーターが怖いのか」

「こういう昭和チックな法律事務所ってまだ存在してたんですね。何だか、ここだけ時代に取り残されてるみたい」

社員弁護士はいなかったが女性事務員が一人だけいた。一応、来意は告げるものの、事務所が狭小であるため弁護士らしき男が奥に座っているのが見える。

「先生、警察の方です」

女性事務員が奥に向かって呼び掛けると、男は応接ソファへと手招きをする。わざわざ受付台を備える意味があるのかと疑問に思う。

「警視庁刑事部捜査一課の犬養です」

「依頼人から常々お名前は聞いていますよ。どうも、雛森めぐみの弁護を務める平沢です」

見た目は七十代後半。すっかり後退した生え際から白髪をオールバックでまとめている。襟のバッジがなければ定年を間近に控えた町役場の職員にしか見えない。

「検察が司法取引を応諾したと聞き、正直驚きました。まさか今回のケースで司法取引が成立するなんて考えもしませんでしたから」

平沢はこちらの真意を探るように上目遣いで睨んできた。齢《とし》に不相応な重さを持った眼光に、犬養は第一印象を直ちに訂正する。

海千山千とまではいかなくても、何度も人を裏切りそして裏切られた者の目だった。

「今回、模倣犯が社会不安を煽《あお》っているため、検察側も普段と異なる対応をせざるを得なかったのでしょう」

「社会不安ですか。ふむ。確かに安楽死が手軽に実行できるとなれば法律上も医療も混乱を来たすでしょうから。しかし司法取引についてはわたしの依頼人の意向が強く働いたようですね」

「彼女は司法取引について平沢先生と相談したのですか」

「いいえ、ひと言も。きっとわたしでは力不足と考えたんでしょう。彼女はまるでわたしを信用していないようです」

依頼人から信用されないというのは弁護人にとって最悪の状況のはずだが、平沢の言葉に自虐めいた響きは微塵もない。

「弁護人の頭越しに司法取引を持ちかけるわ、本人を逮捕した刑事さんが訪ねてくるわ、今回の案件は異例ずくめですが、それは多分に依頼人の特異さによるものが大きいのでしょう。長年弁護士をしていますが、あんな依頼人は珍しい」

弁護人が依頼人を批判する図は珍しい。興味深く耳を傾けていると、平沢はこちらの気持ちを見透かしたように頭を振った。

「いや、別に依頼人を論う意図はないのですよ。ただ雛森めぐみさんは受任当初から弁護人への要求が高かった。わたしではとても期待に応《こた》えられないと思いましたからね。期待外れがわたしとの信頼関係に起因しているのかもしれない」

「雛森めぐみは先生にどんな要求をしたんですか」

「無罪にしてくれと言われました」

犬養は明日香と顔を見合わせる。被告人が無罪を主張するのは珍しいことではないが、確信犯として自ら犯行を認めているめぐみが訴える内容とも思えない。

「判明しているだけで三人もの人間を殺している。本人も犯行を認めている。それなのに無罪を勝ち取れというんですか」

「わたしもさすがに無理だろうと言ったのですが、その時点で彼女はへそを曲げてしまったようで。弁護士の中には報酬次第で黒を白にも塗り替える者もいますが、少なくとも国選にそういう弁護を求めるのは要求が高過ぎる」

「仮に無罪判決を勝ち取ったとして、雛森めぐみは塀の外に出てどうするつもりなのでしょう。心を入れ替えて平穏な日々を過ごすのか、それとも以前のように違法な医療行為を続けるのか」

「さあ、わたしには分かりませんねえ。無罪にしてくれと言われた後は話が続きませんでしたから」

依頼人との信頼関係が脆弱《ぜいじゃく》であるのを告白しているにも拘わらず、平沢はめぐみへの関心が薄らいでいない様子だった。

「しかし先生は雛森めぐみの弁護人を辞めるつもりはないように見受けられます」

「国選弁護人の場合は選任しているのが裁判所ですから、そうそう弁護人の都合で辞める訳にはいきませんからね。しかし、そういう決まりごとを差し引いたとしても、わたしは彼女の弁護を途中で投げ出すつもりはありません」

「ご立派ですな」

「いやいや。もちろん職業的な使命感もありますが、それ以外にも彼女に対する純然たる興味があるのですよ」

思いのほか平沢は饒舌《じょうぜつ》だったが、その多弁さは主に自身についてであることに犬養は気づく。

「ああいう依頼人、実は初めてではありません。もうずいぶん昔の話ですが、以前極左暴力集団の弁護を引き受けたことがあります。逮捕容疑は不法侵入罪と建造物損壊罪、つまり某タカ派議員の個人事務所を襲撃したんですよ。法律上は違法行為に違いないし本人もそれを認めている。ただし彼はそれを正義の鉄槌《てっつい》を下しただけだと主張して憚らない。日本の法律がいくら自分を断罪しようとも自分は正しい行いをしたのだと。警察官の犬養さんなら馬鹿げた話だと思われるでしょうが、彼の目には何の曇りもなかった。ああいう目が嫌いではない。被告人というよりも闘士の目でしたが、雛森めぐみさんは彼と同じような目をしているのですよ」

闘士と聞いて犬養は不覚にも納得してしまう。なるほど揺るぎない信念の下、積極的安楽死を執行し続けるめぐみはある意味で闘士なのかもしれない。

「まさか雛森めぐみの犯した嘱託殺人を合法とでも主張されるつもりですか」

「依頼人がそう主張したいのは山々だろうが、実際にはハードルが高いでしょう。まだ公判が始まってもいないうちから、弁護側の手の内を見せるようなことはしませんよ」

「我々も彼女の公判の進行を妨げるつもりはありません」

「犬養さんたちがそのつもりでも検察側がそんな気配りをしてくれるかどうか。司法取引に応じてくれたのでいくぶんハードルは下がったものの、まだまだ予断は許されない」

話していると、めぐみの平沢評は修正すべきとの感がいよいよ強くなる。一方で、めぐみの望む弁護は平沢程度では満足できないのだろうとも思える。

「我々は立場上、雛森めぐみも平沢先生も応援できませんが……」

「外野の応援は有難いですが、あまり役に立つものじゃない。必要なのは時間と論理、そして費用です」

そう嘯《うそぶ》くと、平沢はもう用は済んだとばかりに犬養たちから視線を外す。続く言葉を見つけられず、犬養たちは事務所を退出するしかなかった。

平沢の事務所を後にすると、明日香が開口一番に訊いてきた。

「どうして平沢弁護士と会おうとしたんですか」

「班長に言った通りだ。彼女と弁護人との信頼関係を確認し、加えて弁護人の能力を知っておくためだ。ちゃんと成果はあった」

「本当にそれだけだったんですか」

明日香はこちらに視線を向けたまま動こうとしない。

全く、どうして女という生き物はこうも勘が鋭いのか。直属上司の麻生が男であるのが、せめてもの救いだ。

「……できることなら雛森めぐみの関係者全員に訊いて回りたいところだ。彼女が何を言い、何に怒り、何を望んでいるか。現状、彼女の一番近くにいるのが平沢弁護士だから彼に訊いたまでだ」

「どうして、そんなことを」

「俺はまだ雛森めぐみを完全に信じられない」

めぐみと氷野検事との間を取り持った当人が言うべきことではないが、自分が彼女の口車に乗せられた感は否めない。取引の道具に使われたことはともかくとして、相手のことを十全に理解できないと安心できない。

女の心が読めないという欠点が女性不信に繋がっているのは身から出た錆《さび》だ。それは仕方がないと自分でも諦めている。だが犯罪捜査にまで影響が及ぶとなれば話は別だ。女性不信は放っておいても構わないが、女性容疑者の真意を測れないのは致命的と言っていい。

「雛森めぐみの真意を探るために、接触した人間の証言を集めているんですね」

「証言が多ければ多いほど実像に近づく」

「そうとは限りませんよ」

明日香に妙な慰めや追従は無縁だった。

「犬養さんは忘れたんですか。以前の事件で雛森めぐみと接触した事件関係者は十人や二十人じゃききませんでした。でも、その全員が彼女の上辺に騙されていたんですよ」

「嫌なことを思い出させる」

「わたしにとってもトラウマものですよ。いいですか、犬養さん。雛森めぐみに翻弄されたのは犬養さんが女の心を読めないからじゃなくて、彼女が天性の嘘吐きだからですよ」

犬養は意外な感に打たれる。やはり自分を慰めようとしてくれているのか。

「だから犬養さんは雛森めぐみの実像を知る必要なんてないんです。嘘は見抜けばいいし、騙されたのなら失地回復すればいい。変なところにエネルギー、使わないでください」

それだけ言うと明日香は黙り込んでしまった。

明日香からの叱責《しっせき》は珍しく、そして堪《こた》えた。ほんのわずかだが目の前の霧が晴れたような気もする。平常心。状況が混沌《こんとん》としている時に必要なものはまさにそれだ。

だが、かたちのない不安が払拭《ふっしょく》できた訳ではなかった。

四　倫理の死

1

　犬養たちがめぐみとの協同捜査に着手している間も医療関係者や厚労省界隈《かいわい》、そして政府関係者は安楽死の是非を巡って甲論乙駁《こうろんおつばく》を繰り返していた。積極的安楽死法制化の是非には様々な思惑が働いているものの、その主張自体はいずれも全面的に否定できるものではない。そもそもどんな主張にも三分の理はあり、殊に争点が目新しい〈死ぬ権利〉となれば論ずる者は慎重にならざるを得ない。死に纏《まつ》わる事柄を疎《おろそ》かに扱えば内容如何《いかん》に拘《かか》わらず非難されるのが目に見えている。慎重になれば当然過激な内容は影を潜める。

　吾妻野厚労大臣の肝煎《きもい》りで進められた勉強会なるものも掛け声で終わることもなく、積極的に開かれたようだ。厚労省つきなのか吾妻野つきなのかは知らないが政治記者による連載が、その進捗《しんちょく》を逐一伝えてくれるのだ。

『吾妻野厚労大臣の号令で始まった勉強会は、当初の予定通り超党派で進められた。与党にも法制化に慎重な議員がいて、片や野党にも推進派の議員が存在している。その意味で勉強会は有意義なものと言える』

だが、この勉強会は途中から次第に性格を変えていく。

『ほとんど毎日のように続けられている勉強会は、三回目に至ってその性格を変えつつある。今まで慎重派だった与党議員は推進派に鞍替《くらが》えし、逆に推進派だった野党議員が慎重派に回った。超党派であったはずが、いつしか与野党対立の図式に変換している事実に記者は落胆を覚える』

『残念なことに先日伝えた危惧《きぐ》は現実のものとなった。勉強会に野党議員の姿は見えず、当初慎重派であった与党議員も発言を控えるようになった。これは積極的安楽死の法制化が、政治的な争点に転換したことを物語るものであり、勉強会の推移を見守ってきた者として残念でならない』

記事に書かれている通り、この頃から勉強会は〈積極的安楽死の法制化を考える議員連盟〉と名称を定めた。考えるとの文言はあるものの、その実態は法制化を推進する議員連盟とみて間違いない。

勉強会が与党による法制化推進の性格を露呈させたことで、俄然《がぜん》野党も態度を硬化させた。元より法制化には断固反対の態度を取っていた民生党亀谷幹事長は会見で不快感を露《あら》わにした。

「選《よ》りに選《よ》って、人の生き死にを法で推進するなどという暴挙が許されていいはずがありません。前にも申し上げた通り、政府が安楽死の法制化を推進したがっているのは、死を望んでいる患者の選択肢を増やしたいからではなく、高額医療に関わる医療費を抑制したいがためです。医療費の予算が足らないのであれば、防衛費なり外交機密費から持ってくればいいだけの話です。言い換えれば死にかけている患者にカネをかけるよりは、他国の国民を殺す方に予算を使いたいと明言しているようなものではありませんか」

亀谷幹事長はいささか激情家の一面があり、厚労大臣時代には勢い余った失言や踏み込んだ発言で毀誉褒貶《きよほうへん》相半ばする印象が強かった。だが会見上での法制化否定発言は本人の意図とは別に、積極的安楽死が政争の争点に変質した事実を告げるものとなった。

国民党は左派・右派・中道派から成る寄り合い所帯だ。真垣総理のカリスマ人気で辛うじて政権を維持しているものの基盤は想像以上に脆弱《ぜいじゃく》と指摘されてきた。野党第一党である民生党がこの機を逃すはずもなく、積極的安楽死の法制化はここに至って政局絡みの様相を呈した感がある。

いつしか亀谷幹事長は法制化反対の旗頭に祭り上げられ、推進派代表となった吾妻野厚労大臣と対峙《たいじ》する格好となった。因《ちな》みに二人はともに元厚労官僚であり、一時は同じ部局の同僚だったというからこれほど皮肉な話もない。だがこうしたサイドストーリーが下世話な興味を掻《か》き立て、別方向から論議を加速するのもまた事実だった。

某日、〈積極的安楽死の法制化を考える議員連盟〉の素案を基に、国民党は積極的安楽死の法制化を法案として提出した。

国会での論戦は大方の予想通り吾妻野厚労大臣と亀谷幹事長の一騎討ちとなった。

「わたしたち民生党は積極的安楽死の法制化に断固反対するものであります。いったん安楽死容認の法律ができてしまえば、生と死の狭間《はざま》で迷っている患者を死の方向へ容易に押し出す装置になりかねない。自殺幇助に纏わる罪悪感さえなくなってしまう。いささか古い物言いになってしまうが、つまりは国が間引きを正当化してしまうことに等しい。それで国民の生命と財産を守る国家と言えるのかどうか。総理の考えをお聞きしたい」

亀谷幹事長の要請にも拘わらず、挙手して答弁に立ったのは吾妻野厚労大臣だった。もっとも亀谷幹事長もこの展開は織り込み済みだったらしく、敢《あ》えて抗議する素振りは見せなかった。

「吾妻野大臣」

「只今《ただいま》の亀谷先生の質問にあった間引きという表現は甚だ遺憾に存じます。医療行政とは国民の生命と健康を守るのが第一義であり厚労大臣経験者である先生がそれをご存じないはずがないでしょう。我々は今も国民の生命と健康のため日々刻苦勉励しております。それを間引きと論《あげつら》うのは厚労省全職員を愚弄《ぐろう》するものです。直ちに撤回・謝罪いただきたい」

「亀谷頼三《らいぞう》くん」

「大臣こそわたしの質問を曲解しておられる。間引きというのは当時貧困の極みにあった農村部の人間が経済的理由からやむにやまれず行った一種の自殺行為であり、それが現在の終末期患者を取り巻く環境と酷似している事実を比喩《ひゆ》したに過ぎません。両者とも経済的困窮が患者本人を追い詰めていることは共通しており、自殺の手助けよりは経済的な援助を優先するべきではありませんか」

法制化の正当性を訴える吾妻野と予算割り当ての適正化を主張する亀谷の議論は嚙《か》み合わず、

審議は弥《いや》が上にも長期化を予想させた。

国会論戦が本格化した頃、犬養と明日香は再び国分の訪問を受けた。

「参りましたよ」

開口一番、国分は弱音を吐く。

「省内部でも法制化推進派の動きは注視していたのですが、まさか有志の勉強会が政争の具にされるとまでは想定しなかったので……正直、当惑しています。こんなことになるなら、吾妻野大臣に対して省からもっと圧をかけるべきでした」

国分の所属する医政局は安楽死のガイドライン策定に関わっている。ガイドラインの骨子は本人の最善の利益を指導基準とすべきこと、患者・家族・医療関係者の話し合いによって進められるべきこと、終末期医療についての決定は担当医一人によるのではなく、多専門職種の医療従事者から構成される医療・ケアチームによるべきことを謳《うた》っており、厚労省医政局はこれを医療現場に普及させようとしている。ただ国分によれば医療機関毎に温度差があるため未《いま》だ全機関に普及するには至っていないという。

「その矢先に国民党からの法案提出ですからね。足をすくわれるとはまさにこのことですよ」

国分は憤懣《ふんまん》遣る方ないという調子で言う。入省以来行政に携わってきた官僚に比べ、国民に選ばれたとはいえ大臣の任期はあまりに短い。言うなれば過客の者に方針を好き勝手されるのが堪《たま》らないのだろうと犬養は想像する。

「しかし吾妻野厚労大臣は元厚労官僚でしょう。言ってみれば国分さんの身内、しかも先輩じゃありませんか」

「いくら元厚労官僚でも、政治家になってしまえば否応なく党利党略に取り込まれてしまうのでしょう。すっかり油断していたわたしたちにも非があるのですが、致し方ないところもあります」

「何故ですか」

「彼は大臣官房にいましたからね。あそこにいるといち部局の想いなど歯牙《しが》にもかけなくなります」

「同じ省内でしょう」

「警察だって、捜査一課の思惑と警察庁の方針が乖離《かいり》することはありませんか」

逆に問われて犬養は返事に窮する。そんな事例はしょっちゅうで、殊に自分のようなはみだし者は一課の方針に逆らうことすらある。

「いずれにしても積極的安楽死の法制化論議は緒に就いたばかりです。警察がＪＫギルドを検挙すれば、また犯人がどこの医療機関に属しているかが明らかになれば今後の展開も変わってくるでしょう。その後、捜査に進展はありましたか」

それこそが国分の訪問目的であるのはとっくに承知していた。だが犬養たちはこの問い掛けに対しても口を噤《つぐ》まざるを得ない。国分から提供された首都圏内医療従事者のリストは膨大であり、未だ絞り込みすらできていないのが現状だった。

国分への不本意な報告を済ませた犬養たちは東京拘置所のめぐみを再訪した。

「こんにちは」

面会室に現れためぐみはにこやかに二人を出迎える。まるで塀の中の住人とは思えない振る舞いに犬養は毒気を抜かれる。

「ご機嫌そうだな」

「こういうところでも、何かしら楽しみを見つけないと寂しいですから」

「後学のために訊《き》いておきたい。あなたは何を楽しみにしているんだ」

「新聞です」

やはりめぐみは楽しそうだった。

「俺も新聞を毎日読むが、面白い記事なんて一つもない。載っているのは大抵が殺人やら窃盗やら、さもなきゃ上から目線の社説と独りよがりの投書だ」

「面白くもない記事を毎日読んでいるなんて拷問みたいなものじゃないですか。よく続けられますね」

「仕事のうちだからな。あなたこそ、あんな殺伐とした記事を読んでいて何が楽しい」

「他人の吐く毒は、別の人間にとって薬になるんですよ。逆もまた真ですけどね」

医療従事者であるめぐみの言葉にはそれなりに説得力がある。かつてめぐみが積極的安楽死に使用したのは重症患者にとっての毒だが、苦痛から逃れるという点で患者本人にしてみれば効果覿面《てきめん》の特効薬だったのかもしれない。

「それじゃあ、最近読んだ記事で面白い記事は何だったのか教えてくれ」

「国民党が〈積極的安楽死の法制化を考える議員連盟〉の素案を基に法案として提出したことですね」

「それがあなたには面白いことなのか」

「いい知らせにせよ悪い知らせにせよ、自分の予想通りに事が運ぶのは楽しいですよ。犬養さんは、以前わたしが安楽死の法制化について喋《しゃべ》ったことをまだ憶《おぼ》えていますか」

敢えて記憶をまさぐる必要もなかった。ここ数日の出来事は否応なくめぐみの予言が的中しつつあるのを示していたからだ。

「無意味で高額な延命治療が発達すると安楽死を望む声はますます大きくなっていく。事例が増えれば増えるほど安楽死の垣根は低くなり、必ず法整備も認可の方向に進む。わたしはそう言いました。今の世間を見てください。まさにその通りの有様じゃないですか」

「ざまを見ろとでも言いたそうだな」

「とんでもない」

めぐみは言下に否定する。

「予想が当たって楽しいことと、現状を憂うことは別です」

「現状を憂う。あなたがか」

「いけませんか」

犬養は意外な感を拭《ぬぐ》えない。

「あなたにとっては本望じゃないのか。あなたの掲げていた正義が、これからは医療のスタンダードになるのだから」

「そんなことでわたしが喜ぶとでも思ってるんですか」

めぐみは心外そうに言う。

「事が予想通りに運んだ上に積極的安楽死が法的に認められる。あなたには願ったり叶《かな》ったりだろう」

「法的に認められるのはとても喜ばしいのですけどね、現状を見る限り、嬉《うれ》しさより不安の方が大きいですよ。わたしの模倣犯が犯行を重ね、有名な女優さんの死をきっかけに論議が始まり、そして政治家が動き出す。今回はそういう流れですよね」

「社会不安が広がれば、支持率を気にする政治家が動くのは当然だろう」

「ええ。それで早期に話を解決しようとして拙速に走る。碌《ろく》に実態の調査もせず、メリットとデメリットの比較もせず、とにかく体裁だけ整える。その挙句に制定された法律がどんな内容になるかは、わたしが説明しなくても犬養さんだったらお分かりでしょう」

論議が尽くされないまま法制化だけを急げば、出来上がる法律は抜け道だらけのザル法に堕《お》ちる。容疑があっても捕まえられず、犯罪の事実があっても立件できない。そんな例は過去に幾度となくあった。やたら改正法が多いのは条文の内容が時流にそぐわなくなったのも理由の一つだが、制定時に潜んでいた不備も否定できない。実情から乖離したのであれば、その時点で修正すればいいというのは拙速な立法に走った議員たちの言い訳に過ぎず、犯罪を検挙する者にしてみればどうにも歯痒《はがゆ》さが残る。指摘は至極もっともなのだが、めぐみの口から聞かされることに抵抗を覚えるのもまた事実だった。

「積極的安楽死には何より本人の意思と専門医師の判断が必要というのはご存じですね」

「ああ。あなたを逮捕する過程で、耳にタコができるほどレクチャーを受けた。それがどうかしたのか」

「世の中には不必要とされる人間が、もっとはっきり言えば生者に邪魔な人間が存在するんですよ」

ひどく冷静で、聞いているこちらがぞくりとする口調だった。

「高額医療で家計を圧迫している患者。資産だけはたっぷりの要介護老人。一刻も早く死んでほしいと望まれている憎まれ者。本人たちにいくら生の執着があったとしても周囲がそれを許そうとしない。心理操作に長《た》けた人間なら、患者本人が安楽死を望むように誘導することも決して不可能じゃない。長患いで精神的にも肉体的にも衰弱し、周囲の人間に申し訳なさを感じている患者なら容易に誘導できる。つまり殺人を合法化することも可能です。積極的安楽死を法制化するんだったら、そういうケースも念頭に置いて徹底的に論議を重ねなければいけません。何よりも時間と様々な医療関係者の知見が必要になってきます。でも、議員さんたちはそんな悠長な手続きを採ろうとしないでしょう」

自ら違法な積極的安楽死を実行していた者の口から、その正当化への危険性を警告されるのは妙な気分だった。

「お前が言うなって顔をしていますね」

「正直、説教強盗が講釈を垂れているように聞こえないこともない」

「犬養さんらしい言い回しね。でも名誉のために言っておきますけど、わたしのしたことは決して殺人ではなく医療行為でした。排除ではなく救済でした」

宗教家でもない人間が救済という言葉を口にすることほど胡散《うさん》臭いものはない。しかし、めぐみの口から語られても不思議に嫌悪感はない。めぐみは犯罪者であっても詐欺師や快楽殺人者でないのは犬養も承知している。

「あなたが法制化に慎重な立場であるのは理解した。それなら尚《なお》のこと捜査に協力してほしいもんだ」

「協力する気満々ですよ、わたし」

「既に解剖報告書と成分分析表のコピーは手元に渡っているはずだ。何か気づいた点はないか」

めぐみは記憶を巡らせるように斜め上の虚空を見つめてから犬養に視線を戻す。

「成分分析表は大変参考になりました。警察は薬品メーカーまで特定しているんですね」

科捜研は犯行に使用された塩化カリウム製剤がアストライザー社、そしてチオペンタールがMAファーマの製品であることまでを突き止めた。だがアストライザー社とMAファーマの製剤は医療機関に普《あまね》く行き渡っており、エンドユーザーの絞り込みまでには至っていない。

「特定した製薬会社はいずれもアメリカの巨大産業だ。普く流通していてマスプロ品みたいなものだ」

「いくらマスプロ品でも、全ての医療機関が納入する訳じゃありません。逆ですよ、犬養さん。エンドユーザーから聞き取りをするんじゃなくて、アストライザー社とMAファーマの納入先が被《かぶ》る医療機関を絞るんです。具体的には各社のMRを捕まえて話を訊くのが一番手っ取り早いでしょうね」

「そのMRというのは何だ」

めぐみの説明によれば製薬会社の営業担当者をMR（メディカル・レプリゼンタティブ）と呼ぶらしい。MRは自社製品の売り込みとともに医薬品に関する情報の提供者であるため、医療従事者から信頼されている者が多いのだという。

「二社のＭＲはそれぞれ顧客データを持っていますからね。二つの顧客データを照合すれば、問題の薬剤を納入した医療機関はすぐに絞り込めるはずです」

「しかし病院の規模も問題になる。数を絞り込んだとしても総合病院ならスタッフの数も馬鹿にならないだろう」

「思い出して。ＪＫギルドが犯行に及んだのはいつだったのかを」

長山瑞穂の事件は三月十五日、岸真理恵の事件は同月二十九日に発生している。この点は捜査会議でも容疑者特定の条件として挙げられていた一つだ。

「十五日も二十九日も同じ曜日です」

「組んだシフトで病院を休み、その日に被害者宅を訪れているということか」

「塩化カリウム製剤もチオペンタールも医療従事者以外では入手が困難な薬剤です。そして医療従事者なら、勤務先がよほどのブラックでない限り非番の日があります」

「分かった。アストライザー社とＭＡファーマの日本支社に問い合わせてみよう。他に何かないか」

「まだ特には」

「それなら俺の方から質問する。相手はＪＫギルドと名乗っているが、ギルドというからには犯人は複数と考えられる。しかし今あなたが提示した捜査法は犯人が単独であるのが前提となっている。別々の人間が偶然同じ曜日に犯行に及んだとしたら、その前提は意味をなさなくなる。しかしあなたは一度もそれに言及していない。あなたくらい頭脳明晰《めいせき》な女なら気づかないはずがない。何故、単独犯だと確信した」

めぐみは束の間、犬養を見つめた後にふっと表情を和らげた。

「注射の痕《あと》」

「何だって」

「患者に注射できるのは医師の他には看護師、准看護師、保健師、助産師くらいです。現場では医師自らが注射器を持つことがあまりなく、もっぱら看護師に任せているのが現状です」

犬養は沙耶香が治療を受ける際の光景を思い出す。確かに主治医が注射器を握る場面に遭遇したことがない。

「慣れた人間が注射すると針の入り方は似通ってきます。逆に慣れない人間がこしらえた痕には特徴が出ます。長山瑞穂さんと岸真理恵さんの二人の腕に残っていた注射痕《こん》はそっくりです。従ってＪＫギルドが複数の人間によるチーム名であったとしても、二人の安楽死に関与しているのは一人の人間と思えます」

なるほど注射針の痕を見続けた医療従事者ならではの観点という訳か。後ほど解剖医にも意見を求めるとして、頷《うなず》ける話であることに変わりはない。

「言い換えれば、犯人は注射慣れしていない医師の可能性が高いということか」

「あくまでも可能性ですけどね。でも絞り込みの条件にはなると思います」

「参考になった」

犬養はそう言って立ち上がる。互いの立場と過去の経緯があるので、礼を尽くしきれないのが歯痒い。いくぶん腰の引けた犬養に、めぐみが言い放つ。

「もし三つ目の事件が発生したら、今度は是非現場を拝見したいですね。実物は文書や写真よりもはるかに雄弁だから、わたしも何かしら新しい情報を提供できるかもしれません」

2

目覚めると、小説家伊智山邦雄《いちやまくにお》はベランダに出てみた。

三月下旬に入ると関東地方にも本格的な花粉症のシーズンが到来した。例年なら目の痒みや鼻水の対策に鬱陶《うっとう》しくなる時期だが、今年はまるで勝手が違う。こうしてベランダで外気に晒《さら》されたところで、ゴーグルも不要ならマスクもせずに済む。

鬱陶しくはないが、しかし爽快《そうかい》でもない。むしろ痛みを伴った遣る瀬無さと失意が胸を締めつける。花粉症という現代病ですら我を見捨てたのかと絶望する。

昨年、体重ががくりと落ち、急激に食欲が失《う》せた。もう六十の半ばを過ぎているので食欲は自然に低下するだろうし、食が細くなれば体重が落ちるのは当然だと片づけていた。だが背中や腰に鈍痛が走るようになると、さすがに不安を覚え始めた。幸い締め切りのある仕事が一段落していたので、最寄りの総合病院で診察を受けたところ衝撃的な病名を告知された。

膵臓《すいぞう》がん、それもステージⅢ。食欲の低下はがんが十二指腸や大腸などの消化器官を圧迫した結果であり、体重が落ちたのは膵液の分泌が妨げられて栄養の吸収ができなくなったからだと説明された。

「膵臓がんには自覚症状がないんですよ」

診断を下した医師は慰めるように言った。心当たりはないでもない。作家生活を始めてからというもの、脂っぽいものを好んで食べ、四六時中煙草をふかし、ストレスにも苦しんだ。医師によればいずれも膵臓がんの原因となるそうだが既に後の祭りだ。

直ちに治療が始まったものの末期膵臓がんは外科的切除が困難であり、化学療法と放射線療法が主体となった。しかしこの両方も効果は限定的で、がん細胞を完全に除去するに至らない。要するに延命治療に過ぎないのだが、絶え間なく抗がん剤の副作用が伊智山を襲う。手足の痺《しび》れや痛み、吐き気に疲労感、更に抑鬱。新作の構想を練ろうにも碌に頭が働かないどころか、パソコンのキーをまともに打つことさえできない。

それでも治療を続けていたが、暮れになって主治医から病状がステージⅣに進行していることを知らされた。結局、化学療法も放射線治療も大した効果がなく、寿命をほんの少しだけ延ばしたに過ぎない。だがわずかな延命と引き換えにした犠牲はあまりに大きかった。

小説家は作品を残してこそ存在意義がある。副作用に喘《あえ》ぎながらただ生きているだけでは意味がない。幸か不幸か妻には数年前に先立たれ、扶養しなければならない家族は一人もいない。

年が明けると伊智山は一切の延命治療をやめた。自宅に戻り、執筆依頼のない長編に着手した。最初の十枚を書き上げた時、これが己の絶筆になるという確信があった。不思議なもので延命治療をやめた途端、以前のように筆が走る。そして八割がた進んだ時点で、世間ではカネを払えば依頼人を安楽死に導いてくれる者が存在することを知った。

延命治療を中断すると副作用は薄らいだものの、以前にも増して肉体が悲鳴を上げ続けた。がんが他の臓器に転移し内部から蝕《むしば》んでいたのだ。末期にもなれば己の余命がどれほどのものかは見当がつく。伊智山は執筆を進めながら、脱稿するのが先か自分の寿命が尽きるのが先かと気が気ではなかった。

蠟燭《ろうそく》の火は燃え尽きる寸前にひときわ明るく輝く。作家人生の最後に渾身《こんしん》の一作を遺す――ただ一つの想いに突き動かされ、伊智山は全身を襲う痛みに耐えながら物語を紡ぐ。最終的には頭さえ働ければ口述筆記すればいい。それまでは指を動かし続ける。物書きは孤独だが幸せだ。肉体が滅んでも作品の中に魂を宿すことができる。残された時間はもうわずかだ。それまでにこの一作を書き上げられたら生涯に悔いはない。〈了〉の一文字を胸に刻んで往生してやる。

伊智山は寝食を忘れて執筆に没頭する。まともな食事もできず安らかな眠りに就くこともできなくなった今、苛酷《かこく》な状況は却《かえ》って好都合とさえ言えた。食事の時間も睡眠時間も執筆に回すことができる。

しかし四月半ばを過ぎると、遂に麻痺《まひ》が指先に及ぶまでになった。時折意識が朦朧《もうろう》として、小休止を挟まなければ簡単な単語さえ思い浮かばない。

痛みと意識混濁をやり過ごしながら手を動かし続ける。だが四百字詰め原稿用紙にしてあと十枚に迫った時、遂に指先に力が入らなくなった。辛うじて意識は保たれているが、指先の痙《けい》攣《れん》が止まらず思うようにキーを打てない。

もう自力で書き進めるのは無理だ。

限界を思い知らされた伊智山は予《かね》てより考えていた計画を実行に移すことにした。事前に用意していたメールを〈幸福な死〉というサイトに送信したのだ。

『ＪＫギルドさま。わたしは伊智山邦雄という者です。今まで小説を書いて口を糊《のり》してきましたが、昨年から膵臓がんが進行し、思うように筆が執れなくなってしまいました。あなたのサイトでは難病患者に安楽死をもたらしてくれると聞き知りました。ついてはわたしの願いも聞き届けていただけませんでしょうか』

翌日になってＪＫギルドからＤＭで返事がきた。内容は依頼を引き受けることと報酬額は現金二百万円であること、加えて実行日には誰も自宅に近づけないことなど詳細な条件が付帯されていた。

伊智山はそれらの諸条件を全て承諾した上で自らも一つだけ条件を加えた。

『実は安楽死を迎える前にやり遂げねばならないことがあります。現在、わたしは絶筆となる小説を書いているのですが、あと十枚というところで指が動かなくなってしまいました。ついては、この残り十枚の口述筆記をお願いできませんでしょうか。そうしたオプションが用意されているかどうかは存じませんが、もちろん追加料金はお支払いしますので、何卒《なにとぞ》ご検討ください』

四月十九日、伊智山の自宅をＪＫギルドが訪れた。

小説家伊智山邦雄の死体が発見されたのは四月二十一日のことだった。場所は伊智山が自宅兼事務所にしている中野《なかの》区江古田《えごた》の分譲マンション、発見者は出版社双龍社の高橋《たかはし》という編集者だ。

「次回作のプロットで打ち合わせをする予定だったんです。以前は近所の喫茶店でお会いしてたんですが、伊智山先生が体調不良で外出困難になったので事務所まで来てくれと言われて」

高橋が自宅に到着したのが午後一時。インターフォンを鳴らしても応答がなく、試しにドアノブを回したら開錠されていたという。

「それで部屋の中に入り、ベッドの上の伊智山先生を見つけたんです」

高橋は直ちに警察と消防署に通報し、機捜（機動捜査隊）と野方《のがた》署の強行犯係が現場に到着する。遅れて臨場した捜査一課の庶務担当管理官が事件性ありと判断した次第だ。

庶務担当管理官が着目したのは開錠されていた玄関ドアと、右腕に残る注射の痕だった。検視官はその場で伊智山の血液を採取し血中のカリウム濃度が異常値であるのを確認、一連のJKギルドの犯行との類似点を報告するに至る。そして犬養と明日香が、伊智山の自宅で高橋から事情を聴取している。

「先生はまるで眠っているように安らかな顔をしていました。ベッドの傍らに目を向けて驚きました。そこにはプロットどころか新作の原稿をプリントアウトしたものが置いてあったのですから」

高橋は担当作家が死んだ事実よりも遺作の完成原稿が置いてあったことの方が重要という口ぶりだった。

「高橋さん、その原稿を読んだんですか」

「そりゃあもちろん。伊智山先生の遺作ですからね。何を措《お》いてもまず手に取らなけりゃ」

「迂闊《うかつ》なことをしてくれた」

犬養はひと言で切って捨てる。

「原稿には伊智山さん以外に犯人の指紋が付着している可能性があります。別の言い方をすれば原稿に被害者と高橋さんの指紋しか検出されなかったら、あなたが最重要容疑者になる惧《おそ》れだってある。死体の第一発見者ですしね」

説明されて、高橋はようやく自身の置かれた立場を理解したらしい。急に顔色を変えて神妙な態度となった。

「伊智山さんが自宅療養に切り替えていることはご存じでしたか」

「伊智山先生が連載していたのは最近ではウチだけでしたからね。膵臓がんを患っていたと聞いていましたから、プロットの打ち合わせがどうしてキャンセルにならないのか不思議といえば不思議でした。だから今日の訪問も、本当に新作の打ち合わせができるのか半信半疑だったんです。それが既に原稿が仕上がっていたものですから……わたしの気持ちも察してください」

犬養たちより先に臨場していた鑑識は、既に現場から興味深い物的証拠のいくつかを押収していた。一つはマンション一階のエントランスに設置された防犯カメラの映像であり、前々日十九日の午前中にヤマモト運輸の制服を着た男が侵入する姿を捉《とら》えている。帽子を目深に被っているので相変わらず人相までは分からないが、犬養が一見しても同一人物のように思える。先の歩容認証システムで照合すれば早晩結果が出るだろう。

更に興味深い証拠物件は伊智山が所有していたICレコーダーだ。内容を確認した鑑識係は、それが原稿の一部であるのを確認していた。犬養は早速高橋に疑問をぶつける。

「ICレコーダーの冒頭は、遺されていた原稿のラスト十枚の部分と同一文言でした。伊智山さんはいつも口述筆記で執筆していたんですか」

「ああ、それは取材用に買ったものみたいです」

高橋は事もなげに答える。

「ずっと以前、取材対象から話を訊く際、聞き漏れがあったらまずいといって購入したんですよ。ところが伊智山先生、二年前からはあまり取材が必要な小説を書かなかったので折角のICレコーダーも無用の長物と化したと聞いています」

ではICレコーダーに遺作の一部が録音されていたのは何故か。伊智山が膵臓がんを患っていたのは、本人の既往歴を調べて判明している。膵臓がん末期には指先が痙攣するというから、おそらくはその対策に使用したのだろう。

「しかし解せませんね。口述筆記なら、伊智山さんの口述を第三者が聴き取って手書きするなりタイピングすれば済む話でしょう」

「伊智山先生は色々と新しい物好きでしてね。ただの口述筆記ではなく、自動書記も試していたんです」

高橋の説明によれば、現在は音声認識ソフトとICレコーダーを組み合わせる技術があると言う。具体的にはICレコーダーで口述録音し、その音声ファイルを認識させて文字起こしさせるとのことだ。

「先生が使っていた時分にはまだまだ不完全なシステムで、盛大な誤字脱字が発生したんです。でも先生は元々滑舌がよくなかったので、筆記者が後で再確認するために録音しておく癖がついていたみたいですね」

「伊智山さんが口述筆記を依頼される人物は誰と誰ですか」

「基本的には連載している版元の担当編集者でしょうね。編集者というのは同じ担当作家で横の繋《つな》がりがあるんですが、僕もこの遺作については初めて知りました。だから編集者で手伝った者は多分いないと思います」

犬養の中で一つの突拍子もない考えが頭を擡《もた》げてきた。伊智山のパソコンはプリンターを残して何者かに持ち去られている。原稿をプリントアウトした直後に持ち去った可能性が高い。だがラスト十枚が口述筆記で仕上がったものならば、伊智山の口述筆記をタイピングしたのは彼の最期に立ち会った人物、つまりＪＫギルド本人ではなかったのか。

翌日になると伊智山の解剖報告書と鑑識の報告書がほぼ同時に上がってきた。

解剖報告書に特に見るべきものはない。事前の情報通り伊智山の肉体は膵臓がんに侵され、しかもステージⅣで他の臓器にも転移が認められていた。執刀医の話によれば、相当な苦痛に耐えながらの毎日だったに違いないと言う。伊智山が安楽死を望んだのももっともであり、事実その体内からはチオペンタールも検出された。

鑑識の報告書には原稿がプリントアウトされた時間が絞られていた。インクの乾き具合から逆算すると十九日の午後一時から午後六時にかけて。これはＪＫギルドが伊智山宅を訪問した時刻と重なるので、犬養の見立てに信憑性《しんぴょうせい》が加わったかたちだった。

「これでＪＫギルドが伊智山さんのパソコンを持ち去った理由が補完されます」

犬養は己の推理を麻生に開陳する。

「伊智山さんのパソコンにはＪＫギルドとの交信記録の他、タイピングの指紋もたっぷり残っていたでしょうからね」

麻生はまだ胡散臭そうだった。

「お前の推理は全て状況証拠で成り立っている。キーに指紋を拭《ふ》き取った痕跡《こんせき》があるというのならともかく、肝心のパソコンがなければ立証もできん」

「伊智山さんが口述筆記を依頼したのは報酬の額からでも推測できます」

伊智山の預金を調べた別働隊は彼が死ぬ前日に現金三百万円を引き出した事実を拾ってきた。長山瑞穂や岸真理恵の時よりも百万円上乗せされているのは、口述筆記の報酬と考えれば辻褄《つじつま》が合う。

「死ぬ間際に遺作を完成させるため、安楽死の実行者に口述筆記をさせる、か。普通では考えづらい状況だな」

「ただの遺書ならそうでしょうが小説家の遺作なら話は別ですよ。作品は自分の一部と思っていますからね。遺すとなればどんな手段だって使うでしょう」

「いささか偏見じみているが、頷けなくもない。だがどちらにしても推論どまりで進展はないに等しいぞ」

「そうとも限りません」

「根拠は」

「鑑識の話では、原稿用紙十枚分の口述筆記に三時間以上を費やしています。安楽死に関わる医療行為に加えて前回前々回に比べてヤツが被害者に関わっている時間はずっと長い。当然、物的証拠を残している可能性も高いはずです」

麻生は疑うような目でこちらを見る。

「それしきの根拠でお前が可能性を口にするとは思えん」

長く下にいれば、やはり見透かされるか。

「ＩＣレコーダーに収録された三時間以上の音声に、伊智山さんの声以外が入っていれば何か手掛かりになるんじゃないですかね」

犬養はまだ見ぬ手掛かりに過大な期待をかけることがない。それよりは現場で感知する矛盾や違和感を解く方が事件解決に近づくと信じている。しかし今回のように矛盾や違和感もない事件では気持ちばかりが空回りしてまるで進展しない。売り言葉に買い言葉ではないが、麻生から疑義を差し挟まれた際、つい虚勢を張ってしまったのは紛れもなく弱気になっているからだった。

三件も続く連続安楽死事件。多過ぎる容疑者たち。日に日に過敏になる世間とマスコミ。捜査本部には焦燥と疲労感が蔓延《まんえん》している。弱気になっているのは犬養だけではない。本部全体が迷宮入りという深淵《しんえん》に引き摺《ず》り込まれるような怯《おび》えに支配されつつあった。

従ってICレコーダーを解析していた鑑識の常滑から朗報をもたらされた時には、地獄に仏を見た気分だった。

「最初に流して聴いた時には気づかなかったんですよ」

犬養と明日香を招いた常滑は興奮に表情を輝かせていた。

「収録されていたのは原稿用紙十枚分の口述で、被害者の声とキーを打つ音、それから時折窓の外から聞こえる環境音くらいでしたが、音声データを解析する過程で別の音が見つかったんです」

常滑はサウンドスペクトログラフを前に喋り続ける。モニターでは音素ごとに波形が表示されているが、門外漢の犬養と明日香にはまるで判別がつかない。常滑がキーを叩《たた》くと、スピーカーからしわがれた声が流れてきた。

『そして、テン、邦彦《くにひこ》はこう思う……マル。今まで過ごしてきた……過ごすは漢字で……歳月を過客の日々と片づけるのは……片だけ漢字で……あまりにみじめではないか、マル。みじめは開いて』

担当編集者の高橋が証言した通り、伊智山の滑舌はよくない。音量を上げても聞き取りづらい。一方で句読点の位置や漢字かひらがなかの指示は細かく、注意していないと聞き洩《も》らしてしまいそうになる。

「この調子で三時間ですか」

明日香が呆《あき》れ半分感心半分といった口調で訊くが、常滑は平然としている。

「正確には三時間と十七分です。原稿用紙十枚分とは言え、口述筆記に慣れない者にはそこそこ難儀な仕事だったでしょうね」

「それで常滑さん。別の音というのは何なんですか」

「次の箇所です」

『それまで沈黙を続けていた邦彦は……ゆっくりと顔を上げ、テン……コウトウブに』

後頭部なのか喉頭部《こうとうぶ》なのか判別ができない。犬養がそう考えたのとほぼ同時に、聞き取れないほど小さな声が上がった。

『もう一度、ゆっくり』

明らかに伊智山以外の声だった。

「未詳人物の声が確認できるのはこの箇所だけです。きっと三時間も同じ作業を続けていたので、つい油断したのでしょう。ICレコーダーから離れた場所にいたことも油断を誘った一因かもしれませんね。タイピングの音と同じ地点から発せられていますから、筆記者の声と考えて間違いありません」

「この声、明瞭《めいりよう》にできますか」

「そのための解析作業ですよ」

常滑がサウンドスペクトログラフのキーを叩くと伊智山の声や環境音が除去され、件《くだん》の声が明瞭に、そして大きくなった。

『もう一度、ゆっくり』

伊智山よりもはるかに滑舌がいい。声に張りのある、成人男性と思える。

これがＪＫギルドの声か。

「おそらく声の主は二十代後半から三十代前半。冷静で且つ理性的なタイプと推測できます。一課の提示しているプロファイリングとも合致します」

常滑は勢い込んでいるが、生憎《あいにく》犬養はプロファイリングをあまり信用していない。それでも初めて摑《つか》んだ犯人の尻尾《しつぽ》に興奮を隠せない。未詳人物はまず間違いなくＪＫギルド本人だ。こうして声紋データが取れていれば身柄を確保した上で照合も可能だし、法廷でも証拠物件として採用される。指紋や体液といった具体性には欠けるものの、容疑者特定の補完材料には充分だろう。

「未詳人物の声だけコピーできますか」

「お安いご用ですが、捜査本部への共有は鑑識課で手配しますよ」

「本部の人間以外に聞かせたい人物がいるんです」

捜査本部を後にした犬養は明日香を伴って東京拘置所へと急行する。最前から押し黙っていた明日香が、とうとう堪えきれなくなった様子で口を開いた。

「犬養さん。声を聞かせる人間というのは、やっぱり雛森めぐみなんですね」

「彼女以外に誰がいる」

「雛森めぐみの知人とは限りません。万が一知人であったとしても、彼女が正直に証言するかどうか」

「質問してみなきゃ始まらん」

「でも、まだ麻生班長にも報告していないのに」

「どうせ鑑識課から報告が上がる。俺たちが伝えても二度手間だ。第一、班長なら俺の流儀は先刻ご承知だ」

「そういうところが嫌われてるんですよ」

そもそも上司や同僚から好かれようとは思っていないが、口にしても詮無《せんな》い話なので黙っていた。

「新聞を読みました。残念ながら三件目の事件が起きてしまったみたいですね」

そう言いながら、めぐみに同情している素振りは見えない。

「足繁く通っていただいて申し訳ないんですけど、まだリストにある関係者を絞り込めていませんよ」

言葉とは裏腹にめぐみはさほど済まなそうな顔をしていない。仮に犬養が女心に疎くなくても、めぐみの感情だけは読めないかもしれない。

「今日はあなたに聞いてほしいものがあるんだ」

犬養は持参したＩＣレコーダーをアクリル板の前に翳《かざ》す。

『もう一度、ゆっくり』

未詳男性の声だけを抽出しコピーしたものだが、ＩＣレコーダーの基本性能の良さで特徴も明瞭になっている。

「これは三件目の事件現場でＪＫギルドらしき人物が残していた声だ。雛森さん、あなたはこの声に心当たりはないか」

するとめぐみは少し驚いた様子だった。

「声を残すなんて、ずいぶん迂闊な犯人ですね。いったい、どういう状況だったんですか」

犬養から概略を説明されると、めぐみは納得したようだった。

「すみません、何度か繰り返してくれませんか」

求めに応じて犬養は再生を繰り返す。

七回目を再生した時、めぐみは浅く頷いて片手を挙げてみせた。

「わたしの知っている人に声の質が似ています。ただし似ているというだけで断言はできかねますよ」

「断言しなくて構わない。誰だ」

「名前は確か膳所《ぜぜ》智彦《ともひこ》さん。厚労省出身の医師です」

「どこに勤めている」

「千葉の総合病院ですけどかなり以前の話なので、今は別の医療機関に移っているかもしれません」

「どんな経緯で知り合ったんだ」

「わたしがネットに〈ドクター・デスの往診室〉を開設していた頃、訪問したゲストの一人です。わたしの提唱していた積極的安楽死にとても興味を抱いたらしく、詳細な説明を求めてきました」

「あなたの信念に感銘を受けた訳か」

「それは分かりませんけど、積極的安楽死に否定的な発言はしていなかったと記憶しています」

めぐみの言葉だけで膳所某の行動原理は不明だが、得られた情報はこの上なく明確だ。ふと横を一瞥《いちべつ》すると、明日香も興奮気味であるのが見てとれた。

犬養はめぐみに更なる説明を求める。

「膳所が求めてきた詳細な説明というのは、どんな内容だったんだ」

「かなり具体的な話。できる限り患者を苦しめないためにはどんな薬剤を投与すればいいのか。解剖されても積極的安楽死と判別できない薬剤は何なのか。そういったことでした」

「それじゃあ指南しているのと同じじゃないか」

「指南なんて大層なものじゃありません」

めぐみは言下に否定してみせた。

「お互い医療従事者です。薬剤の種類なんて単なる伝達事項に過ぎません。重要なのは安楽死に対する旧弊な倫理観の変革です」

一瞬、犬養は言葉に詰まる。安楽死を営利にしているＪＫギルドに対しての怒りは共有できても、根本にある倫理観はやはり別物なのだ。

「膳所は厚労省出身の医師ということだったな。そんな素性の医師がどうして安楽死なんかに興味を持つんだ」

「わたしに訊かれても困ります。医系技官から一般病院へ転職する人も少なくありませんからね。ただ、安楽死は古くて新しい問題です。厚労省として一応のガイドラインは出していますが、だからといって省で働く職員全員がガイドラインと同じ考えを持っている訳じゃないでしょう」

「つまりガイドラインに疑義を持つ者がドクター・デスであるあなたと意見交換をしようとしたというのか」

「わたしに膳所さんの意図は分かりません。でも積極的安楽死に興味を持つ医療従事者なら、使用する薬剤を確認しようとするのはごく自然な態度です」

「膳所に何か吹き込まなかったか。自分と同様、闇で安楽死を請け負うように誘ったんじゃないのか」

「もし誘っていたのなら、彼は二百万円なんて報酬は受け取らなかったでしょう」

めぐみはどこか傲然《ごうぜん》とした口調で言い放つ。

「何度も言いましたけど、安楽死はあくまで救済措置です。営利目的でする医療行為ではありません。わたしが勧誘したのなら、そこは徹底的に従わせます。それは神様に誓ってもいい」

めぐみの安楽死に対する考え方は倫理的に問題があるが、一方で清廉であるのも確かだ。従ってめぐみのこの発言は信用してもいい。

「悪かった。言い過ぎた。それで使用する薬剤を確認した膳所は、どんな反応を示した」

「お互いボイスチャットのやり取りでしたから、顔色から考えを読み取ることはできませんでした。ボイスチャットもそれっきりで、わたしも後追いはしませんでしたから」

「分かった」

必要な情報だけ訊き出すと、犬養は面会を切り上げて拘置所を後にした。

3

捜査本部に取って返した犬養たちは国分から提供された医療従事者リストの中から膳所智彦の現況を確認する。千葉県八千代《やちよ》総合病院勤務、緩和ケア科担当。

「急襲しろ」

麻生の命を受けて犬養と明日香が勤め先の病院へ、そして別の三人が自宅マンションに向かう。同時に現場を押さえればどちらかで身柄を確保できるという読みだった。

ところが病院に到着した犬養たちは残念ながら空振りとなる。膳所は三日前から休んでいるというのだ。

「急に体調を崩したと膳所先生本人から連絡が入りました」

応対に出た事務局長は警察官の訪問をはっきりと怪しんでいた。膳所が目下の重要容疑者となった今、犬養は膳所の立場に配慮する気が失せつつある。

「インフルエンザかもしれないと先生が申告してきました。本当にインフルエンザなら院内で感染させる訳にもいきませんので、大事をとって休んでもらっています」

「医者の不養生ですか」

「医師だからこそ慎重なのですよ」

「膳所先生の勤怠を拝見させてもらえますか」

勤怠くらいならと、事務局長は勤怠表を見せてくれた。

勤怠表を眺めた犬養は内心で快哉《かいさい》の叫びを上げる。

三月十五日と二十九日、そして四月十九日。つまり三人の安楽死が実行された日は膳所が非番の日とぴたり重なっていた。同じく隣で勤怠表を見ていた明日香も納得するように頷いている。

「膳所先生はどんな方ですか」

「どんなと言われましても……口数が少ないので快活とはいきませんが真面目な先生ですよ。まあ緩和ケア科自体、あまり陽気さとはそぐわない病棟ですから」

緩和ケアに関しては犬養も概要を知っている。がんに対する治療が功を奏しない、副作用が強いなどの理由で、積極的な治療継続が困難な患者を対象とし、苦痛症状の緩和に対する治療およびケアが目的となっている。積極的な治療や身体の負担となるような検査、処置、延命のための蘇生《そせい》術も行わず、つまりは治癒が前提となっていない。在宅医療を積極的に勧め、無理に入院治療を勧奨しないのもそのためだ。放射線治療や神経ブロックを行うこともあるが、がんそのものの治療として放射線治療は施さない。症状によっては腹水や胸水を抜くこともあるが、それも本人や家族と相談の上であり決して医師が積極的に勧めるものではない。

ゆっくりと、しかし確実に死に向かう医療。日常的にそうした医療に浸《つ》かっていれば陽気でいるのは難しいだろう。「真面目な」膳所医師が終末期の患者たちを診続けるうち、積極的安楽死に興味を抱いたとしても何の不思議もなかった。

膳所の人となりを聞けば聞くほど、犬養は疑惑を深くする。とにかく病院にいないとすれば他の居場所は自ずと限られてくる。今頃は自宅マンションに向かった別働隊が膳所の身柄を確保したところか。

だが犬養たちは再び失望する。別働隊の一人である真崎《まさき》から連絡が入ったのだ。

『駄目です、犬養さん。逃げられました。自宅はもぬけの殻です』

八千代市上高野《かみこうや》、村上《むらかみ》緑地公園付近にある新築マンション。犬養と明日香が現地に到着すると、既に真崎たちは膳所の部屋に入っていた。

「契約解除したって訳じゃないらしいんですよ」

真崎は悔しさを顔に滲《にじ》ませていた。

「鍵《かぎ》を開けてもらう際、管理人さんに確認したんですけどね。どうやら三日前から帰っていないみたいです」

「三日前の根拠は」

「新聞が三日分、溜まっているんですよ」

三日前と言えば、膳所が病院を休み出した日と一致する。たちまち犬養は不安を覚えたが、明日香も同様に焦燥の顔をこちらに向ける。

「逃走したにしてはタイミングが良過ぎます。まるでわたしたちが踏み込むのを知っていたみたいに」

情報が洩れたかもしれないという明日香の疑念は理解できる。だが最初に膳所の犯行を疑っためぐみは塀の中にいるので論外、麻生班から漏洩《ろうえい》したとも思いにくい。疑念は疑念として頭の隅に置いておき、今は膳所の行方を捜すのが先決だ。

部屋の中は片付いている。独り者だったらしく、浴室や寝室には生活臭がしない。

「賃貸契約の内容も独り暮らしです。管理人も、膳所の部屋に本人以外の人間が訪れたのを見たことがないと証言しています」

膳所が独身者であるのはとうに調べてある。真崎が説明しているのは同居人が存在したかどうかだ。本人が行方を晦《くら》ました今、同居人の不在が悔やまれる。

「膳所の実家はすぐに分かるか」

「賃貸契約書の保証人欄には保証協会の名前しかありませんでした」

「病院でも両親の話は全くしなかったそうだからな。存命かどうか、現時点では不明だ」

「本部ではもう戸籍を洗い始めたようですから、存命中かどうかも一両日中に判明しますよ」

捜査員の動きが早いのは麻生の手柄だが、仮に膳所が危険を察して逃走しているのなら実家に舞い戻る可能性はあまりない。一時的に身を潜めるにしても実家よりは知人宅ではないのか。とにかく膳所の交友関係、職場での人間関係を徹底的に浚《さら》う必要がある。その手掛かりとなるものが部屋に残されていれば僥倖《ぎょうこう》と思えた。

犬養たちが膳所の部屋を隈《くま》なく捜索したにも拘わらず、彼の交友記録に類するものは何も発見できなかった。もっとも今は友人の情報などは全て携帯端末に収めているのが当たり前なので、犬養は大して失望もしない。

本棚には医学書がずらりと並んでいる。独身男性にありがちな成人雑誌やコミックの類は一冊も見当たらない。衣類や食器も綺麗《きれい》に片付いており、膳所が生活面では几帳面《きちょうめん》だったことを示している。ただし性格で見当がつきそうな点はそれだけだ。パソコンもメモ帳もなく、本人の性格や人となりを示すものは皆無と言っていい。彼がJKギルドであることを証明するものも然《しか》りだった。

「でも、いくら几帳面でも限界がありますね」

部屋を見渡した明日香が意味ありげに言う。犬養もとっくに気づいていた。フローリングの床を仔細《しさい》に見ると、何本かの毛髪が落ちている。一人住まいが本当なら、十中八九膳所の毛髪ということになる。

「高飛びの可能性は薄いみたいです」

明日香は寝室のクローゼットから大型のキャリーケースを見つけた。使用頻度が少ないらしく表面は新品同様に滑らかだ。もし膳所が渡航したのであれば、このキャリーケースを使用したはずだった。明日香は衣装ケースの中を検《あらた》めてから納得したように頷く。

「部屋の片付き方と衣類の残し方を見ると、ほとんど着の身着のままで部屋を出ていったような感じですね」

念のためにゴミ箱を漁《あさ》ってみたが、搭乗券フォルダーなど空港絡みの紙屑《かみくず》はない。無論、国際空港に問い合わせてみるが、部屋の状況から鑑みてもその可能性は薄い。

真崎たちに少し遅れて鑑識が臨場していた。常滑は残留物の採取に夢中の様子だったが、犬養の存在に気づくと余裕の笑みを投げて寄越した。

「収穫ありですよ、犬養さん。毛根つきの毛が何本も落ちている。これで三カ所の犯行現場に落ちていた不明毛髪と一致すれば犯人が特定できます」

心なしか声が弾んでいるのは、常滑も事件の大詰めを予感しているからに相違ない。

膳所の立ち寄りそうな場所には全て捜査員を張らせる。その候補地を絞るためには徹底して膳所の個人情報を掻き集める必要があった。犬養と明日香は鑑識の邪魔にならないように気を配りながら家宅捜索を続ける。

麻生から連絡が入ったのは、ちょうどその頃だった。

『膳所の実家が割れた』

どうやら戸籍調査が迅速に進んだらしい。

『ヤツの郷里は盛岡市にある。両親とも数年前に死別、実家には長男夫婦が住んでいる。肉親と呼べるものはその長男夫婦だけだ。岩手県警から人を遣ってもらったが、こっちからも桐島《きりしま》班の二人が飛んでいった』

口調に熱が感じられない。麻生も膳所が実家に舞い戻るとは考えていないのだ。

犬養と明日香がいったん本部に戻ると、案の定麻生は不満を溜め込んだ顔をしていた。

「ついさっき岩手県警から連絡があった。膳所智彦は両親の死後は一度も実家に戻っていないそうだ」

「兄弟仲が良くないんですか」

明日香が訊いてきたのは男兄弟がいないせいだろう。仲が悪くなくても、両親が他界した途端に縁遠くなる兄弟などごまんといる。いずれにしても膳所が実家に立ち寄る可能性は薄いようで、麻生が不機嫌な理由はおそらくそれだ。

勤務先、自宅、そして実家にはそれぞれ捜査員の監視がついたが、どこも膳所が立ち寄る可能性は低い。

「兄弟仲の良い悪いよりも友人の有無の方が重要だ、膳所の交友関係はまだ摑めないのか」

麻生は苛立《いらだ》ちを隠そうともしない。だが、この苛立ちは捜査が暗礁に乗り上げた時の焦燥ではなく、犯人逮捕の直前に感じる緊迫感に似たものだ。

膳所智彦の交友関係については勤務先の病院のみならず、大学・高校の同級生まで遡《さかのぼ》って調べる必要がある。

「お前たちは膳所が千葉県八千代総合病院に勤務する以前の交友関係を調べてくれ」

病院勤務以前ということは厚労省の医系技官時代の話になる。彼の同僚や上司だった職員たちの消息を辿《たど》るだけでも相当に手間を食うだろう。膳所の立ち寄り先を突き止めるにはこの作業を短期間で済ませなければならず、時間との格闘になる。

そうこうするうちに鑑識係の常滑が新しい報告を持ってきた。

「簡易鑑定の段階ですが、膳所の部屋から採取された本人のものらしき毛髪が、三カ所の現場から採取された不明毛髪と一致しました」

報告を受けた麻生は納得顔で小さく頷く。不明毛髪が膳所の毛髪であると証明できれば、とびきり有効な物的証拠となる。

「それともう一つ。膳所智彦の歩容認証と容疑者の歩容認証もほぼ一致しました」

膳所が捜査線上に浮上すると、捜査本部は病院内に設置された防犯カメラの映像データを押収し、膳所の姿を捉えた部分を抽出していた。

「歩容認証は顔認証に比較して特定の幅が広くなっているのですが、八十七パーセントの確率で一致しています。その数値であればほぼ本人と特定していいと考えます」

物的証拠が揃う度に膳所の首に掛かった縄が絞まっていく。問題はその縄の端をまだ自分たちが握っていない点だ。

厚労省職員の異動記録は部外秘で外部から調べることはできない。膳所の記録を洗うには霞が関にある厚労省本体を訪ねなければならない。幸いにも今回は国分の知己を得ているので、彼の名前を出せば少なくとも門前払いは食らわなくて済む。

「でも、厚労省がどこまで協力してくれますかね」

霞が関に向かう途中、明日香が厚労省への不信も露わに訊いてきた。

「現職員ならともかく、ずいぶん前に辞めた人間だ。重大事件の最重要容疑者ともなれば火の粉が飛んでくる前に全面的に協力してくれるさ」

霞が関一－二－二、中央合同庁舎第五号館本館は警視庁と目と鼻の先だ。一部は環境省のフロアになっているがほとんどは厚労省が占めている。犬養と明日香が受付で来意を告げると、人事課に向かうよう指示された。

人事課のフロアに到着し、対応に出た職員に同じく来意を告げる。図体の巨《おお》きな組織はこれだから嫌になる。相手が替わる度に同じ説明をしなければならない。

若垣《わかがき》という職員は犬養たちの説明を聞くなり、面倒臭そうに顔を顰《しか》めた。

「いかに退職者といえども個人情報ですからね。異動記録の開示には上長の許可が必要となります」

木で鼻を括《くく》ったような対応だが、犬養には織り込み済みだった。

「仮に膳所智彦が安楽死殺人の犯人であった場合、まず注目されるのは現役の勤務医であるという事実でしょう。しかし警察発表の段階で前職が厚労省の医系技官であった過去を公にすれば、世間とマスコミの興味は俄然こちらに向くんじゃありませんかね」

若垣は眉根《まゆね》を寄せる。

「それ、脅しですか」

「ただの予想ですよ。ただ、厚労省さんの協力で事件が早期解決すれば、捜査本部も相応の配慮はするでしょう」

横で聞いていた明日香が黙したまま唇をへの字に曲げる。こうした駆け引きを潔しとしない女であるのは知っているが、今は手段を選んでいる余裕がない。

若垣は束の間逡巡《しゅんじゅん》した末に白旗を掲げた。

「上長に確認を取ってきますので少々お待ちください」

省の利益や体面が関わるとなれば彼らの動き方は手の平を返したように変わってくる。若垣がファイルを抱えて戻ってきたのは、それから十分後のことだった。

「膳所智彦でしたね。これが入省から退省までの全異動記録です」

二十二歳で入省、十三年勤め上げて三十五歳で退省。同年に八千代総合病院に勤務しているので、在職中から就職活動をしていたと思える。

異動記録を眺めていた犬養の目が退省間際の部署名に釘付けとなった。

医政局医事課医師臨床研修推進室。

膳所は退省する三年前から国分と同じ局に籍を置いていた。庁舎内には何百人もの職員が働いているが、同じ局に所属していた事実は無視できるものではない。

「総務課医療安全推進室室長代理の国分さんを呼んでください」

いきなりの申し出に若垣は面食らった様子だった。

「どの課も室長代理は大変に多忙で、アポイントがなければ当日に会えるかどうか」

「今すぐです。ただしあなたに責任が取れるなら明日まで待ってもいい」

同じ公務員の身分なので殊更役人をいたぶる趣味はないが、責任のひと言はよほど若垣の尻《しり》を叩いたらしい。多忙なはずの室長代理は十五分後に姿を現した。

犬養が膳所智彦の名前を出すと、国分は目を剝《む》いてみせた。

「驚きました。まさか膳所くんがＪＫギルドだったとは」

「彼を知っていたんですか」

「わたしも三年間医事課にいましたから。膳所くんとはその際に知り合いました。齢《とし》が近かったせいで、よくサシ飲みしましたよ。それにしても、まさか彼が……」

国分はまるで信じられないというように顔を曇らせる。よくサシ飲みをしたというのだから、ずいぶん親しい間柄だったに違いない。だが犬養たちにとっては僥倖だ。膳所の人となりを知る者がここにいた。灯台下暗しとはこのことだ。

「膳所智彦というのは、どういう人間でしたか」

「カネ目当てで安楽死を請け負うような、という意味ならＮＯですね。根が真面目な男で、日々圧迫される医療行政を誰よりも憂いていました」

質問をはぐらかされている気がした。真面目かどうかは、積極的安楽死に加担するかどうかとは別の話ではないか。

「医療従事者としての問題意識を質問しているんじゃないですよ」

「少なくとも医政局に所属していた時分の彼は人命でのカネ儲《もう》けなど考えていませんでした。それはわたしが保証しますよ」

「膳所の近況は聞いていますか」

「いいえ。千葉の病院に再就職してからは年賀状のやり取りをするだけでしたから。未だに独り身ということは何となく察していましたけど」

国分は思い詰めた様子で俯《うつむ》く。

「膳所のケータイの番号は登録していますか。可能であれば本人とコンタクトを取りたいのですが」

「それが……転職を機にケータイの番号を変えたらしく、以前の番号は使われなくなっていました。きっと厚労省とは袂《たもと》を分かつつもりでそうしたのだと思います」

「何か省に不満でもあったんですか」

「さあ。辞める時も一身上の都合としか聞いていませんでした。大体、不平不満を声高に叫ぶタイプではなかった。それこそサシ飲みでようやく本音を吐き出すくらいです」

折角見つけた友人も現在の膳所には接触できない。人物評も当てにはならない。犬養と明日香は礼を言って合同庁舎を後にした。

「犬養さん、これからどうしますか」

「東京拘置所に行く」

「また雛森めぐみですか」

明日香は非難めいた目でこちらを見るが、犬養が思いつく心当たりはそこしかなかった。

面会室のめぐみは膳所の行方が杳《よう》として知れないことを聞くと、さもありなんとばかりに軽く頷いてみせた。

「前々から覚悟を決めていたのかもしれませんね。そうとでも考えなければ手際が良過ぎます」

「自分の犯行だと発覚するのを予想していたっていうのか」

「最初にわたしと接触した時も、かなり慎重な性格だと思いました。危ない橋を渡っていなくても万一のことを考えていたのでしょうね。今勤めている病院では膳所さんのケータイの番号くらい把握しているんでしょ」

「もちろん電話をかけてみた。だが先方で電源を切っていた。おそらく病院関係者や警察と話す気がないんだろう」

捜査本部は膳所にも協力者がいるだろうと見当をつけている。逃亡中は尚更警戒しているので、協力者以外からの発信には応《こた》えないつもりなのだ。

犬養たちの顔を眺めていためぐみの目元が、ふっと綻《ほころ》んだ。

「わたしならどうでしょう。わたしが接触を試みれば膳所さんも興味を持つんじゃないかしら」

何を言い出すのかと思った。

「自分の協力者でない限り、電話には出ないさ」

「電話にはね。でもネットならどうですか。〈幸福な死〉というサイトはまだ閉鎖されていないですよね。そのサイトにドクター・デスであるわたしがアクセスしたら何らかの反応があると期待できませんか」

犬養ですら呆れるほど破天荒なアイデアだ。

だが破天荒だからこそ興味深く、実効性があるように思える。逮捕時、めぐみから押収したパソコンは警視庁の資料室に証拠物件として保管されている。分解した訳ではないので電源さえ入れればすぐにでも使用できる。

悪魔が耳元で囁《ささや》く。今は非常事態だと都合のいい抗弁が頭を擡げる。

「犬養さん」

横で明日香が袖《そで》を引っ張る。犬養の考えを見抜いたらしいが、膳所と接触が取れない今、めぐみの提案には抗《あらが》いがたい魅力があった。だが内容が内容なだけに、さすがに犬養の一存では決められない。

「一度、持ち帰ってみる」

「犬養さんっ」

「そうですか。司法取引の件も含めて前向きに検討してくださいな」

口調とは裏腹に、めぐみは真剣な顔をしていた。

「膳所さん即ちＪＫギルドの逮捕はわたしも共通の願いです。一刻も早く彼を止めなければなりません。そのためならどんな協力も惜しみませんよ」

4

雛森めぐみを利用して膳所の居所を特定させる――めぐみ本人からの提案は犬養の予想通り捜査本部を困惑させた。

果たしてドクター・デスであるめぐみの呼びかけに膳所が応えるかどうか疑問に思う者もいたが、それよりも刑事被告人であるめぐみの協力を仰ぐことに心理的な抵抗を覚える捜査員が少なくなかったのだ。

津村一課長は慎重派、村瀬管理官は容認派。刑事部長は音無しの構えで、麻生は未だに踏ん切りがつかない様子だった。

「司法取引だけでもいい加減頭が痛いっていうのに、今度は囮《おとり》か。使いでのある被告人だな、全く」

毒づいてみせるものの、めぐみの提案に惹《ひ》きつけられているのは明らかだった。

「一度押収したパソコンを本人の手に戻すのも癪《しゃく》だが、また悪用せんとも限らんぞ」

「彼女が操作する場には俺が同席して目を光らせますよ」

「もちろん、わたしも見張っています」

めぐみから発案された際には拒否反応を起こした明日香は、迷いながらも犬養と行動をともにしようとしていた。おそらく前回に煮え湯を飲まされた経験から、犬養を孤立させたくないらしい。

「氷野検事の態度はどうなんですか」

「『ＪＫギルドの事件は未だ捜査本部の管掌であり検察が干渉するものではない。ただし被告人の取り扱いには細心の注意を払ってほしい』。要は何も言っていないのと同じだ。ただし不祥事が発生した際の矛先は、きっちりこちらに向けている。杓子定規《しゃくしじょうぎ》なくせして抜け目ないのが、あの検事の身上だ」

公判検事の氷野の積極的反対がなければ、後は裁判所と拘置所の承諾を得るだけだ。世間を騒がすＪＫギルドを捕縛するためとあらば、両者とも諾《うべな》わざるを得ない。つまりは現場を指揮している麻生が、どれだけ強固な態度でいられるかの問題だった。現状、めぐみ以外に頼る術《すべ》はなく、しかも時間の経過とともに膳所は捜査網から遠く逃れてしまう。外的圧力と時間制限によって麻生の選択肢がひどく限定されていることは、犬養もとっくに承知している。

「……雛森めぐみがどんなに油断ならない相手かは、お前たちが一番よく知っているよな」

「骨身に沁《し》みてますよ」

「押収したパソコンを資料室から出してこい。雛森めぐみが操作する際には、お前たち二人だけじゃなく別の人間にも監視させろ。ギャラリーが多けりゃ、彼女も迂闊には動けまい」

麻生のゴーサインを受けて、犬養と明日香は資料室へと急ぐ。これが最終局面になることが皮膚感覚で分かった。

翌日、犬養と明日香は資料室から持ち出したパソコンを携えて東京拘置所に向かった。

「ずいぶん久しぶりな感じがします」

めぐみは自身の持ち物であったパソコンをひどく懐かしそうに撫《な》でる。本日は面会室ではなく房での対面となる。めぐみの独居房に犬養と明日香が入り、外では五人もの警官が警備を固めているので厳戒態勢と言っていい。

「最後に触ったのは二年くらい前のはずなのに、もう十年もご無沙汰《ぶさた》だったみたい」

「パスワードじゃなく指紋認証だったから鑑識の連中がかなり手こずったと聞いている」

「お疲れ様でした」

めぐみはパソコンを立ち上げ、早速〈幸福な死〉を検索する。目的のサイトはすぐに見つかった。

「あらあら。これはトップページからわたしのホームページに瓜《うり》二つ」

歌うように喋りながら、めぐみはサイトのコメント欄に文字を打ち込んでいく。

『ＪＫギルドさん、お久しぶりですね。以前お話ししたドクター・デスこと雛森めぐみです。今、わたしは特別な状況下で東京拘置所の中からコメントを打っています。ＪＫギルドさん、いえ、もう警察に手配されているので次は本名でお呼びしても構いませんよね。終末期患者の積極的安楽死を勧めてきた同志として、あなたにお伝えしたいことがあります』

「出だしはこんなものでどうですか」

コメントを途中で止め、めぐみは背後に立つ犬養に伺いを立てる。めぐみに対する監視は脱走だけではなく発信内容にも及んでいる。

「いいだろう」

『ここからはDMで続きの話をしましょう。あなたの誠実さに期待しています』

「送信、と」

めぐみがエンターキーを押下すると、房の中で音が途切れた。束の間、沈黙が流れる。

「返信が遅くないか。スマホにしろパソコンにしろ受信のお知らせ機能がついているだろ」

「ひょっとして移動中なんでしょうか。それとも潜伏中で音がしないように設定してあるのかもしれないし」

その時、めぐみのパソコンから受信音が流れてきた。めぐみがメールフォルダーを開くとJKギルドから『お久しぶりです』という件名で新着がある。

「開きます」

『ドクター・デスさま。お久しぶりです、膳所です。まさかあなたから、しかも拘置所の中から便りが届くなんて思いもよりませんでした。もっとも、今はわたしも不本意な立場にある訳ですが……。できれば後学のために塀の中の暮らしぶりをお聞きしたいところですが、そんな話をするためにわたしに連絡をいただいた訳ではないでしょう。ご用件は何でしょうか』

めぐみは次の文章を打ち始める。

『最近になって膳所さんが積極的安楽死に関与していることを知りました。旧弊な倫理観に囚《とら》われず積極的安楽死を遂行していることには賛同しますが、安楽死にかかる費用が二百万円というのはいただけません。この金額は明らかに暴利ですよ』

膳所から返信あり。

『金額が大きいのは認めます。いくら正当な医療行為であっても、今の法律では違法行為ですからね。言ってみれば危ない橋を渡っているのだから二百万円というのは一種の危険手当なんですよ』

「言うに事欠いて危険手当ときたか」

メールを覗《のぞ》き込んでいた犬養はつい口に出す。目の前には違法行為と知りながら己の信条ゆえに実費しか受け取らなかった医療従事者が座っている。膳所に向けた皮肉は、自ずとめぐみへの賛辞になってしまう。

『本来、積極的安楽死は終末期医療の一つとして論じられるべき問題なのに、あなたが営利目的にしてしまったために嘱託殺人としてクローズアップされてしまいました。わたしは膳所さんを許すことができません。警察は既にあなたを容疑者に特定して捜索しています。日本の警察はとても優秀です。とても逃げきれるものではありません。今からでも投降しなさい』

「呼び掛け方はこれくらいでどうですか」

「紋切り型だが、まあいい。文面よりもあなたが呼び掛けているという事実が重要だ」

返信。

『わたしの医療行為が単純に嘱託殺人として捉えられるのは残念です。警察の手が迫っているのも実感しています。実家も含めて、知人の誰かに連絡したらそれだけで場所を特定されるんじゃないかと恐れています。逃げきれないでしょう。いつかは投降しなきゃならないのも分かっています。でも、今すぐは駄目です。せめてあと三日待ってくれたら最寄りの警察署に自首します』

今日から三日後といえば四月二十七日だ。

『三日後という日付の設定には何か意味があるんですか？』

『おそらくこれが最後になる依頼があります。その依頼を遂行しなけりゃ死んでも死にきれない』

『往生際が悪くないですか？』

『みっともないと思われるかもしれませんけど、わたしはやっぱり医療従事者なんです。患者を苦痛から解放してあげたいという気持ちに嘘偽りはありません。あなたと同様、逮捕されればわたしもすぐに社会に戻してはくれないでしょう。そうなる前に、せめてあと一人は安らかな死を迎えさせてあげたいのです』

確かに文面からは多少の真摯《しんし》さも感じ取れる。

『膳所さんの気持ちは痛いほど分かります。でも』

「待った」

犬養の制止でめぐみはキータッチを中断する。

「最後になる依頼の内容が知りたい。現在は潜伏している膳所も三日以内に患者の許《もと》へ向かうはずだ。その患者がどこの誰なのか、可能な限り情報を訊き出してくれ」

「ＯＫ」

めぐみは書きかけの文章をいったん消し、新たにキーを打ち直す。文章を考える間もなかったにも拘わらず、彼女の指は澱《よど》みなく動き続ける。

『警察の手が迫っている中、それでもあなたは患者を救おうとしている。いったい、どんな患者なのかとても興味があります。症状を教えて』

膳所のプライドを刺激しつつ警戒心を解いて情報を引き出す。瞬時の判断でそうした文案をこしらえる機転の早さは大したものだと感心する。もしめぐみが刑事被告人でなければ麻生班にスカウトしたいくらいだ。

『2型糖尿病ですよ。一度合併症で脳梗塞《のうこうそく》を起こしています』

『つまり現在も治療中ということですよね。血糖降下剤やインスリンの投与では改善できないのですか』

『患者本人にとって脳梗塞よりも深刻な問題があるんです。患者は増殖網膜症で失明寸前。それが安楽死を希望する第一の理由なんです』

咄嗟《とっさ》に犬養は考える。脳梗塞よりも失明の方が重大事というのは、かなり特殊な事情だ。

『レーザー光凝固は効果が見られませんか』

『手遅れでしょうね。既に硝子体出血や網膜剝離《はくり》を起こしていますから』

『何かわたしで力になれることはありませんか』

『施術の補助をしてもらえればいいのですが、塀の中ではそれも叶《かな》いません。そちらがどんな状況下であるかは分かりませんが、拘置所から長々とメールを送信するのも大変でしょうからこの辺で交信を終わります。法廷闘争は困難を極めると思いますが頑張ってください。あなたが無罪判決を勝ち取れば、後に続く者は勇気をもらえます』

そのメールが最後となった。めぐみが何度か交信の継続を促したが、遂に返信はされずじまいだった。

「患者の氏名と住所は知りたいところだったな」

「でも絞り込みはできますよ」

めぐみは全く気落ちしていない様子だった。

「2型糖尿病で過去に脳梗塞、現在も増殖網膜症で失明寸前」

「それだけでは情報不足だ」

「患者は何よりも失明を怖れています。目が見えないというだけで安楽死を選択しなければならない職業。わたしは画家ではないかと考えます」

めぐみの推測は腑《ふ》に落ちるものだった。一定の視力を必要とする職業は自衛官、パイロット、競艇選手、客室乗務員など数あれど、失明が自死に直結するものとなるとやはり美術関係に絞られてくる。たとえば写真家、画家、書家といった面々か。

しかし既往歴は機微情報の最たるものであり、いかに警察といえども容易に入手できるものではない。捜査本部は首都圏の主要な医療機関に問い合わせをしたが、回答してくれるところは極端に少なかった。

一方、犬養はめぐみが言及した画家というワードに拘泥した。いや、拘泥させられたといった方が正しい。失明宣告を受けた画家が生きる希望を失くし、積極的安楽死に誘惑されるというのは納得できる話だ。そこで医療機関ではなく、美術関係から該当者を探ろうと試みた。ところが犬養や明日香、加えて麻生班の人間に美術に詳しい者は一人としておらず、改めて捜査一課の殺伐さを思い知った次第だ。

「ああ、美術関係ならちょっとだけ知ってますよ。ニワカですけど」

何と救いの神は桐島班の葛城《かつらぎ》だった。

「彼女、油絵が趣味なので美術関係の本を購読してまして。僕もちょくちょく借りてます」

葛城が教えてくれたのは『美術の世界』という月刊誌だった。日本国内の画家の新作紹介や評論や個展の告知は当然として、犬養が注目したのは「画壇　噂の真相」というコーナーだ。表題通り日本画壇に関わるトピックスや噂話を集めたものだが、著名画家の近況も網羅している。

「飛ばし記事というのか、病気か何かで作品の発表が遅れている画家の噂話が少なくないですね。きっと物故した途端に作品の価値が急落するからかもしれません。もちろんゴッホみたいな例外はあるんですけど」

版元に確認してみると購入者には画商も多いため、現存画家の逝去には殊の外関心が集まるのだと言う。

犬養と明日香は版元を訪ね、コーナーの担当編集者に面会を求めた。最初は警察官の訪問に面食らっていた版元も、犬養の説明を聞くと納得したようだった。

「糖尿病を患い、以前脳梗塞を起こした。現在は失明に怯えている先生。となると数は相当限られます」

担当編集者は中垣内《なかがいと》祐介《ゆうすけ》という洋画家の名前を出した。今年で七十二歳、現代日本美術展優秀賞受賞を皮切りにレジオン・ド・ヌール勲章シュバリエ受章など著名な賞を受賞、肖像画や群像表現に定評がある西洋画壇の重鎮とのことだ。

「中垣内先生は若い頃から美食家で通っていたのですが、それが糖尿病の原因になったみたいですね。脳梗塞で倒れたのは三年前です。手術は一応成功し、ずっとリハビリを続けていたようです。ところが今年になってから網膜症を併発したと聞いています」

事情を聞く限りは膳所の言及した症状と一致する。犬養が中垣内の入院先を尋ねると、担当編集者は快く都内の病院を教えてくれた。

犬養と明日香は中垣内の入院先に急行し、彼の主治医を懸命に説得した。最初は頑として口を開かなかった主治医だったが、中垣内が積極的安楽死を考えている可能性を告げると渋々ながらカルテを見せてくれた。

間違いないと思えた。西洋画壇における中垣内の立ち位置、伝え聞く絵画に向ける彼の執念を考え合わせると、膳所の最後の顧客とみて相違ない。中垣内であれば二百万円の現金も即日用意できる。郊外のアトリエ兼自宅に一人住まいなので膳所を邸内へ誘うのに何の支障もない。

別働隊は更に別の情報を掴んできた。今月半ば、中垣内が顧問弁護士を自宅に呼びつけたというのだ。早速、弁護士事務所に探りを入れてみたが、弁護士は守秘義務を盾に一切答えようとしない。しかしこの時期、中垣内が弁護士と相談する内容と言えば財産管理、つまりは遺産に関連するものと考えるのが妥当だ。

最後の依頼人が中垣内祐介であるとの確信を得た捜査本部は、自宅前で膳所を逮捕する計画を練る。既に膳所がヤマモト運輸の配達員に扮装《ふんそう》して患者の家に近づく手段は知れている。現場で配達員姿の膳所を捕え、高カリウム製剤を所持していれば申し分なしだ。

「ようやく大詰めに入った」

二十六日、犬養と明日香は独居房のめぐみを訪ねていた。

「たられば の話はあまりしないが、これで膳所を逮捕できればあなたの協力あっての物種だ。

司法取引については検察官の管掌事項だが、少なくとも事件を解決に導いたことへの心証は法廷でプラスに働くだろう」

犬養自身、ここ数日のやり取りでめぐみに対する気持ちが少なからず変化した。自分とは異なった倫理の持ち主だが、決して独善でも強欲でもなく、終末期医療を真剣に考えている。戦地で看取り続けた理不尽な死が、彼女の倫理観を独特のものにしているのだ。

「きっと何十人もの刑事さんが彼の周囲を取り囲むのでしょうね」

「アリ一匹這《は》い出る隙間もないさ」

「膳所さんはアリよりもずっと賢明で用心深いですよ。自分が追い詰められているのを知った上で依頼人宅に向かおうとしているんです。一筋縄でいくかどうか」

言葉に含みがあった。

「あなたは何を考えている」

「わたしが膳所さんの立場だったら、犬養さんたちの裏をかいて逮捕される前に依頼人を安楽死させるか自殺を選ぶでしょうね。彼が使命感で動いているのなら必ずそうします」

ふとめぐみは犬養を正面から見据えた。冷静さの中にも凛《りん》として意志の見える目だった。

「わたしを現場に連れて行ってくれませんか。膳所さんが注射器を手にした時にはもう遅いんです。わたしが必ず彼を説得してみせます。彼にこれ以上、罪を重ねさせてはいけない。お願い、犬養さん」

犬養は当惑したが、膳所を説得できる者がめぐみ以外に存在しないのも確かだった。

五　ドクター・デスの死

1

四月二十七日、聖蹟桜ヶ丘《せいせきさくらがおか》。

この高台に聳《そび》え立つ住宅地に洋画家中垣内祐介のアトリエ兼自宅がある。住民にとって急な坂道はちょっとした苦痛だろうが、犬養たちのように邸宅の様子を窺《うかが》う者にとっては絶好のロケーションと言えた。

「やっぱり外の空気は違うわね」

めぐみは深く息を吸うと軽く背伸びをする。二年近く拘置所に閉じ込められていれば、それなりの感慨があるのだろう。

めぐみの申し出に反対する者も当然いたが、結局は村瀬管理官が条件つきで承認した。捜査の局面で最も慎重を要するのは犯人確保の瞬間だ。いかなる不測の事態が生じても対処できるよう、膳所智彦を説得できる人物を用意しておくのが最適解と判断されたらしい。

村瀬のつけた条件は、手錠と腰縄は言うに及ばず、めぐみの周囲を複数人の警察官でがっちり包囲することだった。なるほどこれでは身動きも取れない。

「外の空気を吸えるのは嬉《うれ》しいけど、ずいぶん殺伐としていますね」

「これから捕物なんだ。和気藹々《あいあい》とはいかんさ」

犬養は緊張を押し隠しながら返事をする。現在時刻は午後二時三十五分。先遣隊は午前中から、犬養たちも二時間前から張り込みをしている。今までの犯行は午後に行われている。中垣内が邸内にいることは確認済みであり、後は膳所が姿を現すのを待つだけだ。膳所の逮捕のために集められた警察官は犬養と明日香を含めて二十五人。この二十五人が中垣内邸を完全に包囲しており、めぐみに宣言した通りアリ一匹這《は》い出る隙もない。

中垣内邸に近づく人影は逐一、常滑が望遠カメラで捕捉《ほそく》している。ただのカメラではなく膳所の歩容パターンを記録したパソコンと繋《つな》がっているので、どんな変装をしていても彼と判別できる。まさに鉄壁の態勢と言える。

さあ早くこい——息を詰めて監視を続けていると、背後からぽんと肩を叩《たた》かれた。

振り返ると、そこに見覚えのある男が立っていた。

「国分さん。どうしてここに」

「警視庁にも友人がいましてね」

国分は例の人懐っこい笑みを浮かべていた。緊張感漂うこの場にあっては異物感がある。

「捜査の邪魔です。お引き取りください」

「かつての飲み友達がダークサイドに堕《お》ちたんです。ひと言、言ってやらなきゃ気が済まない。あなたには医療従事者のリストを提供した。これくらいは大目に見てください」

リストの件を持ち出されると、犬養も強くは出られなかった。加えてめぐみの説得が失敗した時、次善の策として国分に協力を仰ぐことがあるかもしれない。

「せめて包囲網の外でおとなしくしていてください」

予期せぬ闖入者《ちんにゅうしゃ》はあったものの、捜査陣の統制は乱れていない。犬養と明日香はめぐみとともに、その瞬間を待ちわびる。果たして膳所は従前のようにヤマモト運輸の配達員に扮して現れるのか。それとも別の格好で周囲を欺こうというのか。

午後三時を過ぎた頃だった。

「犬養さん」

明日香が高台に続く坂の下を指差すと、その先にヤマモト運輸の配達車が見えた。

まさか、クルマまで調達したのか。

配達車が停まり、中から配達員が出て来て中垣内邸に向かって坂を上る。荷物は手にしていないが、帽子を被《かぶ》っていてこちらから顔は確認できない。

「常滑さん、あいつが膳所なのか」

「いや、待ってください。坂を上っているので歩容認証にタイムラグが生じています」

膳所が気づく前に包囲網を狭めなければ。

「確保の準備。前に出る」

犬養の合図で、めぐみを取り囲む一団を除いて全員が動き出す。

その時だった。

「あぁっ」

後方から短い叫びが飛んだ。振り向くと、めぐみが一人の警官に羽交い締めにされ首筋に注射針を突き立てられていた。

めぐみが暴れた弾みで警官の帽子が脱げる。その下から現れたのは散々写真で覚えさせられた膳所智彦の顔だった。

しまった。

警官に化けていたのか。

叫ぶより早く犬養は膳所に飛び掛かる。だが一瞬遅く、注射器の中身はめぐみの首筋に注入されていく。他の警察官が膳所を取り押さえた時には、めぐみは膝《ひざ》から落ちていった。

「めぐみさんっ」

犬養が駆け寄ろうとした時、「彼女に触っちゃいけない」と制止する声があった。

国分だった。

「これでも医者の端くれです。彼女の手錠を外して、無闇に動かさないように。それから膳所の所持品を探ってみてください」

警察官たちが気圧《けお》される中、国分はめぐみの身体を抱きかかえる。めぐみは死んだようにぐったりとしており、目もひどく虚《うつ》ろになっている。膳所のポケットを探ると小さな薬瓶がでてきた。国分は受け取った薬瓶の表示を見て絶望的な声を上げる。

「K．C．L．点滴液。犬養さん、塩化カリウム製剤ですよ」

犬養は膳所に歩み寄り胸倉を摑《つか》み上げた。

「貴様。最初からこれが目的だったんだな」

膳所は何も喋《しゃべ》ろうとしない。ただ犬養を嘲《あざけ》るように薄く笑うだけだ。犬養は明日香に肘《ひじ》を摑まれて膳所から引き離される。

めぐみからの捜査協力がどこで洩《も》れたのかは分からないが、膳所の目的は中垣内の安楽死ではなくめぐみへの襲撃だった。後で捜査員の一人がヤマモト運輸の配達員を捕まえて訊《き》いてみると、この時間に集荷にくるよう電話で依頼されたと言う。つまり警官に変装した膳所がめぐみに接近するための陽動作戦だったのだ。

「この近くの救急病院ならよく知っています」

国分はスマートフォンを取り出して病院を呼び出すと、めぐみが塩化カリウム製剤を投与された事実とおよその量を説明する。

「患者は不整脈で意識混濁。ブドウ糖50mlおよびインスリン10単位を用意してください」

指示を終えると、国分はめぐみの身体を静かに横たえた。めぐみは目を閉じて、もうぴくりとも動かない。今更だが、ここに国分が居合わせたのが僥倖《ぎょうこう》に思える。

一方、手錠を嵌《は》められた膳所は表情に達成感を湛《たた》えたまま警官数人に囲まれている。犬養は明日香の手を振り解《ほど》いて再び膳所に詰め寄る。

「答えろ。どうして彼女を殺そうとした。彼女にどんな恨みがある」

だが膳所は依然として口を開こうとしない。犬養は苛立《いらだ》ちを抑えて睨《にら》みつけるしかない。

「まずいな」

国分がこちらを見上げた。

「脈がどんどん小さくなっている。あっ、駄目です。とにかく今は触らないで」

容疑者の身柄を確保したものの、拘留中の被告人が襲撃されたことで現場には混乱が生じている。明日香は血相を変えて麻生に報告を入れ、他の警官は膳所の着ている制服を脱がしにかかる。

「これ、古いけど本物の制服です。不心得者がネットに流したんでしょうかね」

犬養は死に向かうめぐみの身体を見下ろしながら己の迂闊《うかつ》さに吐き気すら催す。思えばめぐみが〈幸福な死〉にアクセスした時から膳所の計画は始まっていたのだ。最後の依頼人が画家ではないかとめぐみに仄《ほの》めかせ、犬養たち捜査陣をこの地に誘い込んだ。おそらく中垣内からの依頼もあっただろうが、それは膳所の目的ではない。膳所の真意に全く気づかなかっただけではなく、わざわざめぐみを連れ出した犬養こそいい面の皮だった。

「お前を説得できるとしたら自分しかいない。彼女にそう思わせたら、外におびき寄せられるとでも考えたのか」

膳所は答えないが、不遜《ふそん》な視線がそれを肯定していた。

やがて救急車が到着し、めぐみは担架に乗せられて車内に運ばれる。国分は隊員に身分を明かすと一緒に乗り込んだ。

「こういう時こそ役人の特権を目いっぱい利用しなきゃ」

なるほど厚労省の官僚が付き添っていれば、搬送先の病院がどこであろうと心強い。

「彼女をよろしくお願いします」

犬養は祈るような気持ちで頭を下げる。国分は心得たというように会釈を返した。

めぐみと国分を乗せた救急車を見送った後も、現場には空虚と敗北感が漂う。塩化カリウム製剤の大量投与がどんな効果を及ぼすかはこの場の全員が知っている。嘱託殺人の被告人とはいえ、捜査に協力的だった人間をみすみす犠牲にしてしまった事実は悔やんでも悔やみきれない。

「中垣内画伯には、お前が逮捕された旨を伝えた。ずいぶん落胆していたらしい」

詮無《せんな》い話だが、まるで他人事《ひとごと》のような顔で周囲を眺めている膳所を無視できなかった。

すると今まで無反応だった膳所が初めて関心を示した。

「中垣内さんには気の毒なことをしました。わたしが詫《わ》びていたと伝えてください」

「最初っから中垣内さんを安楽死させるのは陽動だったんだろ」

「否定はしません」

膳所は、ついと中垣内邸に視線を移した。

「ただ中垣内さんには別の機会もあります。積極的安楽死を草の根で推進しているのはわたしだけじゃありませんから。きっと第二第三のＪＫギルドが彼の希望を叶《かな》えてくれます」

「ギルドという名前がずっと引っ掛かっていた。お前たちはグループなのか」

「それは刑事さんが調べることでしょう。いや、わたしを拷問とかして口を割らせますか」

「お前のやった積極的安楽死はドクター・デス、雛森めぐみによって否定されている。二百万円もの報酬を受け取る輩《やから》は医療従事者では有り得ず、もはや単なる営利目的でしかないというのが彼女の意見だ。そういう容疑者ならこっちも心置きなく尋問できる。拷問は論外だがな」

「それは逃げですよ」

「何だと」

「警察官であるあなたが憤慨すべきは報酬の多寡じゃない。それは些末《さまつ》な違いでしかない。問題の本質は司法が積極的安楽死をどう扱うかですよ。積極的安楽死の法制化に様々な懸念があるのは知っています。しかし法制化さえされれば我々のように違法な医療行為をする者は根絶されるだろうし、死の淵《ふち》に立たされて恐怖を味わっている患者さんを救うことができる。刑事さんは中垣内さんの危機を防いだような言い方をしましたけど、それは大きな勘違いというものです。わたしを逮捕しても中垣内さんを更に苦しめるだけですよ」

膳所は勝ち誇ったように喋る。溜めていた思いを吐き出したくなったのかもしれない。

「目の見えなくなった画家、今も尚《なお》画壇に影響力を持つ絵描きが視力を奪われた絶望や虚無をあなたは理解できますか。頭の中には無尽蔵にイメージが湧くのに、キャンバスに向かうこともスケッチを描くこともできない。彼には毎日が苦痛でしかない。苦汁を舐《な》め、己の無力さを思い知らされる日々が死ぬまで続く。安楽死だけが彼を救済できるのです」

犬養は何も言い返せなかった。

膳所をパトカーの後部座席に押し込み、犬養と明日香が両脇を挟む。犬養のスマートフォンに国分からの知らせが届いたのは、ちょうどその時だった。

『まだ搬送途中ですが、雛森めぐみの心肺が停止しました』

怖れていたことが現実になったか。

『現在、蘇生《そせい》施術をしていますが……』

途切れた台詞《せりふ》は、期待するなと言っているのも同然だった。犬養はしばらく端末を握ったまま、声を出せずにいた。

『犬養さん？』

「聞いています。ご面倒をおかけして恐縮です」

『これも何かの縁でしょう。搬送先の病院にはわたしが手続きをしておきます。どのみち解剖も必要になるでしょうから。その場に膳所くんはいますか』

「わたしたちと同乗しています」

『彼女の様子を伝えてやってください。彼にまだ良心があれば嬉しいのですが』

それきり国分の電話は切れた。

「雛森めぐみの心肺が停止したそうだ」

「そうですか」

膳所はまるで歯牙《しが》にもかけない。犬養は膳所に摑みかかろうとする己を必死で抑える。

また失敗した。護《まも》るべき人間をまた目の前で殺されてしまった。呪詛《じゅそ》の言葉を吐きたくなるのを懸命に堪《こら》える。

脳裏に前回の事件の最後が甦《よみがえ》る。あの時は予期せぬ出来事が発生し、目の前でめぐみの殺人を許してしまった。今回もそうだ。しかもあの時は加害者だっためぐみが今度は被害者になっているのだから、これ以上の皮肉もない。

犬養は自責の念に駆られる。いくらめぐみ本人からの申し出だったとは言え、彼女を現場に連れ出すのを上申したのは自分だ。村瀬が許可しようがしまいが、最初に申し出を受けた犬養が拒否すれば彼女は命を落とさずに済んだ。今までも失意に塗《まみ》れることは何度もあったが、今回は最大級のものだろう。奇妙な話だが雛森めぐみとは逮捕した後の方が分かり合えた。倫理観の違いはあれど、交流が続いていればその相違すらも克服できたかもしれない。刑事の犬養にそう思わせるほど、彼女には抗《あらが》いがたい魅力があった。

弔い合戦とまではいかないが、せめてめぐみの殺された事情だけは明らかにしなければならない。それが犬養にできる唯一の罪滅ぼしだ。

「もう一度訊く。どうして雛森めぐみを殺そうとしたんだ」

低い声で再度質問してみた。すると気のない様子で膳所は問い掛けに応じた。

「それをわたしから訊き出すのもあなたの仕事でしょう」

今度は犬養が返事をしなかった。

やがて警視庁本部庁舎が見えてきた。

2

捜査本部に到着した犬養たちは直ちに膳所を取調室に連行した。膳所の目的が中垣内の安楽死ではなくめぐみへの襲撃であると判明した今、動機の解明が急務だった。

「雛森めぐみに何か恨みでもあったのか」

犬養は自制心を最大限に発揮する。そうでもしなければ尋問相手に食ってかかりそうだった。

一方、膳所はこちらの思いを見透かしたかのように薄ら笑いを浮かべている。

「恨みですって。とんでもない、むしろ尊敬していますよ。彼女の行いこそ積極的安楽死の推進の象徴ですからね」

「尊敬している対象を殺したというのか。矛盾しているぞ」

「少しも矛盾していません」

膳所は誇らしげに言う。

「偶像崇拝の対象は手を伸ばしても届かないからこそ意味があります。卑近な存在には誰も憧《しょう》憬《けい》を抱かないし、後に続こうとは思わない」

「まさか彼女を殉教者に仕立てようとしているのか」

「そのまさかですよ。必ずしも偶像が生きている必要はない。ここまで積極的安楽死を世に知らしめてくれたのであれば、最期は非業の死を遂げてくれた方が神格化されます」

「歪《ゆが》んだ発想だとはおもわないのか」

「何事も飛躍的に進めるにはシンボリックな事件が不可欠です。今この国で積極的安楽死を推進あるいは法制化するためには、市民や為政者を煽《せん》動《どう》しなくてはならない。ドクター・デスの殉教と神格化こそ、その目的にうってつけではありませんか」

「それがJKギルドの総意なのか」

「刑事さんはJKギルドの全容を知っているんですか」

膳所は挑発するように笑ってみせる。

「おそらく知らないでしょう。知っていたら、わたしより先に他のメンバーを逮捕している。

ＪＫギルドの全容はわたしも知りません」

「メンバーの顔ぶれも知らないと言うのか」

「刑事さんだって全国のお巡《まわ》りさんの顔と名前は知らないでしょう。それと同じですよ。同じ理想を持った集まりですが、毎月会合を開いている訳でも会誌を配布している訳でもない。ドクター・デスの殉教がＪＫギルドの総意かどうかだなんて、わたしに分かるはずがないですよ」

「あくまでも、あなた個人の思惑だと言うんだな」

「もちろん、メンバー全員が同じ思いという可能性もありますけどね。彼女はそれだけ崇拝される価値のある人物ですから」

己の崇拝する人物を神格化するために殉教死させる。考え方として理解できないことはないが、やはり歪んでいる。ただし狂信的であるというだけで心神喪失や心神耗弱が該当するような要件ではない。

「ドクター・デスの信条に心酔しているようだが、一件あたりの報酬を二百万円に設定したのは何故だ。雛森めぐみは安楽死を二十万円で請け負っていたから、その十倍の報酬になる」

「刑事さんは彼女と直接言葉を交わしたのですか」

「ちょうど、この場所で尋問した」

「おお、それは光栄ですね」

膳所は感慨深げに部屋の中を見回し、目の前の机を愛《いと》おしそうに撫《な》でる。

「イエス・キリスト本人は清貧でも構いませんが、彼の教えを布教する者たちには資金が必要なのですよ」

「積極的安楽死を広めるための資金か」

「安楽死を推進していけば、必ずどこかで訴訟になります。法廷闘争の弁護費用としても、被告人となるであろうJKギルドの援助金としても必要になってくるでしょう。その時のための積立金のようなものです」

どこまでが真意なのか、現時点ではまるで判然としない。だが、同じ安楽死を請け負うにしても、雛森めぐみと膳所ではずいぶんと印象が異なる。

「趣旨はご立派だが、違法な医療行為で大金をふんだくっていることに違いはない。雛森めぐみも、お前のしている積極的安楽死は単なる営利目的だと憤慨していた」

「報酬の額が違うだけで終末期医療という点では同列ですよ。聞いていると、彼女を神格化しているのは刑事さんの方じゃありませんかね。ひょっとして、彼女にシンパシー以上の感情を抱いているんじゃないですか」

膳所は下卑た物言いで話し掛けてくる。挑発だと分かっていても胸糞《むなくそ》が悪くなる。記録係として明日香が同席していなければ、胸倉を摑み上げるところだ。

「立場を弁《わきま》えろ。尋問しているのはこっちだ」

「別に虚仮《こけ》にしている訳じゃありません。彼女を逮捕し、罪を問うべき立場の人からも彼女が一目置かれているのが誇らしいのですよ」

「そうまで誇らしい対象を自分の手で殺《あや》めることに罪悪感や後ろめたさはないのか」

「ありませんね。ええ、全く」

清々《すがすが》しいほど言下に否定してきた。

「罪悪感よりは使命感が優先しますからね。我々ＪＫギルドの悲願はこの国の医療に積極的安楽死を定着させることです。その目的を遂行するためなら、一人や二人の犠牲者などものの数ではありません」

「元医系技官、現役医師の言葉とは思えないな。医者は人の命を救うのが仕事だろうに」

「この国の終末期医療は二十年遅れている。それはわたしが技官だった時分に痛感していた事実です。生きる権利ばかりが持て囃《はや》され、死ぬ権利はタブー視されている。人権人権と喧《かまびす》しいが、人生の最期に最重要視されなければならないはずの人権は見ないふりをされている。いいですか、刑事さん。タブーの多い文明は所詮《しょせん》後進国なのですよ」

そろそろ膳所の宣《のたま》う思想やら理想やらが耳障りに感じ始めた時、ドアを開けて麻生が入ってきた。

「班長」

「取り調べはいったん中止する。非常事態だ」

取調室に明日香を残し、麻生は犬養を外に連れ出す。

「いったいどうしたんですか」

「雛森めぐみを搬送していた救急車が行方不明だ」

「何ですって」

「現場付近の医療機関に当たってみたが、どこにも到着していない。国分室長代理にも連絡がつかなくなっている」

まさか。

犬養はスマートフォンを取り出して国分を呼び出してみる。麻生の言う通り、コール音が続くだけで相手が出る気配はない。

咄嗟《とっさ》に思いつき、犬養は取調室に取って返す。案の定、膳所は高みの見物をするかのように泰然と構えていた。

「とても慌てていらっしゃるようですね」

「今回の事件、お前単独じゃなかったんだな」

「お忘れですか。ギルドというのは組合のことですよ」

そのひと言で、膳所の仲間が動いたのを確信した。

「雛森めぐみの亡骸《なきがら》をどうするつもりだ」

「その様子だと、彼女の遺体がロストしたみたいですね」

「答えろ」

「折角ここまで引き延ばしたのに簡単に答えるはずないでしょう」

のらりくらりの態度に業を煮やした犬養は、膳所が座っていた椅子の脚を満身の力を込めて蹴《け》り飛ばす。膳所は椅子ごと引っ繰り返り、明日香は気づかぬふりでパソコンの画面から目を離さない。

「ぼ、暴力だ」

「足が長くて椅子に掠《かす》っただけだ」

犬養は正面に座り直し、床の膳所を見下ろす。

「お前らの間じゃ医療行為の一種かもしれないが、現時点では殺人もしくは自殺幇助《ほうじょ》の犯罪行為だ。そこらの盗っ人や人殺しと変わらない。従ってお前の扱いもそうなる」

「これは人権問題に」

「人を切り刻むことには慣れていても、される方には慣れていないみたいだな。この程度じゃ人権問題にはならない。なるとすれば、ここから先だ」

普段の犬養ならしない恫喝《どうかつ》だが、流儀に拘《こだわ》っている余裕は吹き飛んでいた。自分の顔が整っているのも、整っているから凄《すご》めばヤクザ顔負けの脅しになるのも承知している。

果たして膳所は矢庭に不安の表情を浮かべた。

「暴力はよくない」

「暴力の頂点は人殺しだ。お前が言うな」

「わたしのしたことは、れっきとした医療行為で」

「くどい」

犬養が低く呟《つぶや》くだけで、机を叩く以上の効果がある。膳所は最後まで喋られなかった。

「もう一度訊く。雛森めぐみの死体をどうするつもりだ。彼女がK．C．L．点滴液を打たれたのは現場の捜査員たちが目撃している。今更死因を誤魔化す必要もないだろうに」

「さっきイエス・キリストの話をしたばかりですよ。彼女は我々ＪＫギルドにとって殉教者なんです」

咄嗟にキリストの遺骸《いがい》や遺物がどんな扱いを受けてきたかを思い出した。

「聖遺物のつもりか」

「へえ、意外に物識《ものし》りなんですね。刑事さん」

聖遺物とはイエス・キリストや聖母マリアの遺品およびキリストの受難に関わる物を指す。これらはカトリック教会において厳重に保管され信仰の対象にされている。だが、まさかそれを現代日本で実現させるとは。

おぞましさに少し吐き気を催した。

「雛森めぐみのミイラでもこしらえようっていうのか」

「我々はカルト教団じゃありませんよ。そんな前近代的な真似はしません」

膳所は真剣な顔で否定してみせる。

「我々のやり方で荼毘《だび》に付すだけです。彼女の遺体を形式的な手続きや情緒の欠片《かけら》もない火葬場に任せるつもりは毛頭ありません。殉教者にはそれに相応《ふさわ》しい弔い方があるんですよ」

「その理屈だけで立派なカルト教団だよ」

犬養はＪＫギルドについて尋問を続けたが、膳所の口から他のメンバーの名前が出ることはなかった。

尋問を他の捜査員に交代して部屋から出ると、麻生が苦い顔で待っていた。

「どうだった」

「途中から急に口が堅くなりました。肝心なことは何一つ喋ろうとしません」

「正直、ＪＫギルドなんて存在は胡散《うさん》臭いだけだったが、こうなってくると現実味を帯びてくるな。膳所の単独犯じゃなく、こいつは組織的な犯行の線が濃厚だ」

「検問を敷きますか」

「もう敷いている。他のメンバーに乗っ取られたか、さもなきゃ襲われたか。いずれにしてもこの際、雛森めぐみの遺体は二の次だ。今は消えた救急車の行方を追うのが最優先とする」

もちろん、と麻生は畳み掛ける。

「長山瑞穂と岸真理恵、そして伊智山邦雄の殺害を自供させるのは言うまでもないぞ」

正直、膳所から自白を引き出すのはさほど困難とは思えない。積極的安楽死に対して使命感を持つ膳所にしてみれば、三人を殺害した事実は誇りであっても恥辱ではない。犯行を隠すどころか得々と話すのではないか。


案に相違して消えた救急車の行方は、あっさりその日の夕方に判明した。千葉県成田《なりた》市郊外に乗り捨てられているのが発見されたのだ。国分と二人の救急隊員は結束バンドで拘束された上に猿轡《さるぐつわ》を噛《か》まされていた。

「いきなりだったのですよ」

救出された国分は犬養の事情聴取にそう切り出した。彼の証言によれば、走行中にワンボックスカーに道を塞《ふさ》がれ、停車したところを二人組に急襲されたのだと言う。

「二人組の特徴は言えますか。どんな会話をしていましたか」

「それが……二人組は覆面をしていて、言葉一つも交わさなかったので顔も声も年齢も分かりませんでした。体型から辛うじて成人男性であるのは推測できましたが」

「雛森めぐみの遺体を持ち去られたんですね」

「救急車を乗り捨てる直前、二人組が運び出していきました。どうやら別のクルマを用意していたようですが、我々は中に転がされていたので車種も不明です」

ないない尽くしか。犬養は内心で舌打ちをする。

「逮捕された犯人が何か自供しましたか。仲間のこととか雛森めぐみの遺体の行方とか」

身勝手な演説を聞かされたものの自供は困難ではない旨を告げられると、国分はいくぶん溜飲《りゅういん》を下げたようだった。

「しかし衆人環視の中で雛森めぐみの殺害を決行したのですから、逮捕は覚悟の上だったでしょう。犯行を自供するのは想定内で、それ以外の重要事を自白させなければ取り調べの意味がありません」

「一種の故意犯という訳ですか」

「自分の行いが正しいと信じ切っているところは、故意犯と言うよりは思想犯に近いものがありますね。実はそういう手合いが一番扱いづらい。揺さぶりをかけても、なかなか崩れませんから」

「なるほど」

国分が苦笑した時、犬養のスマートフォンが着信を告げた。相手は麻生だった。

「犬養です」

『膳所が全部ぶちまけたぞ』

「完落ちですか」

ひとまず犬養は安堵《あんど》する。自分が尋問を交代して国分たちの救出に駆けつけた時点では三件について自白していなかったからだ。

『そんな格好のいいもんじゃない。ぶちまけたのも取調室の中じゃない。全世界に向けてだ』

「全世界ってまさか」

『そのまさかだ。〈幸福な死〉サイトは膳所が管理人だった。野郎、自分が逮捕されることを見越していたんだろう。ついさっき自動的に更新されたが、膳所の告白文がアップされている』

話しながら〈幸福な死〉サイトを開く。麻生の言った通り、そこには膳所が取調室で展開した主張と告白が記されていた。

『こんにちは、訪問者さん。

予《かね》てより管理人は営利目的ではなく、〈死ぬ権利〉を主張し、積極的安楽死を推進するために行動していました。ここに告白しますが、長山瑞穂さんと女優の岸真理恵さん、そして作家の伊智山邦雄さんの安楽死を幇助したのは私、膳所智彦です。現行の法律では違法とされている自殺幇助を敢《あ》えて行ったのは、以前から言及している通り、本人の〈死ぬ権利〉を尊重したからに他なりません。本来保証されているはずの権利を行使できないのは、この国の遅れた終末期医療と現状認識が世界の潮流に追いついていないからです。本日、管理人は逮捕されて司法に運命を委ねる身となるでしょう。しかしながら、この社会には私と考えを一にする人たちが大勢います。自分の〈死ぬ権利〉を行使したいのに、前近代的な世間体や硬直した法律に阻まれて思いが遂げられない人が沢山存在します。皆さん、声を上げてください。一人の声は小さくて立法府には届きませんが、その声が百人二百人と大きくなれば、必ず力のある人たちに届きます。あなただけではなく、積極的安楽死に賛同する医療従事者たちも手を挙げるでしょう。

変革は犠牲なくして実現しません。ドクター・デスも、そして管理人もその礎になるのなら司法に裁かれて悔いはありません。「一粒の麦が地に落ちて死ねば、多くの実を結ぶ」。ヨハネ伝第十二章の言葉ですが、ドクター・デスと管理人はまさしく一粒の麦なのです。

この先、二つの自殺幇助と一つの嘱託殺人は司法の場で裁かれ、法廷では積極的安楽死の是非が問われるでしょう。あなたは世論の一部として、どうか〈死ぬ権利〉に賛同してください。これは決して命を蔑《ないがし》ろにするものではありません。逆に命の大切さ、人生の尊さを再認識するための正当な行為なのです。

管理人　膳所智彦』

やられた。

犬養は自分たちが遅きに失したのを知る。

『膳所の真の目的は雛森めぐみの殺害じゃない。彼女を殉教者とした上で、世間に積極的安楽死をアピールすることが最大の狙いだった』

センセーショナルな事件と実行犯によるSNSでの自供。確かにこの二つは世間を騒がせ、積極的安楽死の論議を喚起させるに充分だろう。

『故意犯と言うよりは思想犯に近いものがありますね』

国分が口にしたひと言が脳裏に甦る。政治犯の目的は社会を騒乱させ、己の主義主張を広く世に知らしめることだ。膳所の犯行声明はまさしくその目的を遂げており、見事に犬養たちを出し抜いた。SNSでの自供によって警察は一敗地に塗れたのだ。

『膳所にしてやられた。一杯食わされた体の氷野検事は烈火のごとく怒り、刑事部長を呼び出した。この先、捜査一課は内外から責められるのが必至だろうな』

麻生が半ば投げやりな口調になっている。責められるとしたら、矢面に立たされるのは専従していた麻生班だ。実行犯を逮捕できても、世間の騒乱を許してしまった落ち度がある。下手をすれば何らかの処分が下される可能性もある。

『こんなに胸糞の悪い解決はない』

「同感です」

『戻れ。国分室長代理から事情聴取をした後で善後策を練る』

「了解」

電話を切った犬養は敗北感に打ちのめされる。犯人を逮捕し事件を解決しても尚、犬養たちは膳所の勝ち誇った背中を見せつけられている。犬養たちの捜査も逮捕劇も、全てあの男の掌の上で転がされていただけだったのだ。

その時、不意に違和感が胸を過《よぎ》り、犬養は足を止めた。

違和感の正体を探るべく、記憶と思考をフル回転させる。やがて疑念が克明な輪郭を持ち、見過ごしてきたピースが思いがけない像を結んだ。

3

二日後、関西国際空港。

ゴールデンウイーク真っ只中《ただなか》の空港は利用客でごった返し、人と触れずに通り抜けるのも難しい。出発ロビーにもカップルや家族連れが溢《あふ》れ返り、空気がざわついている。

その中を国分がプライベート機専用施設に向かって歩いていく。運んでいるのはコントラバス級の楽器が収まるケースだ。

受付の係員にチケットを差し出す。

「国分様、ドバイ行きですね」

チケットを確認する間、ケースを横に置く。

「客室に持ち込む荷物はございますか」

「このコントラバスを持ち込みたいのですが」

「承知しました」

ありがとう、と国分が言いかけたその時だった。

彼の一挙手一投足を見つめていた犬養は、明日香たちとともに国分に駆け寄った。

「ご旅行ですか、国分さん」

「犬養さん、どうしてここに」

「国分さんのお見送りです。ただし行き先はドバイじゃありませんけどね」

犬養が国分の相手をしている隙に他の捜査員が、彼の傍らにある楽器ケースを捕まえる。

「何をする。それはわたしのものだ」

「ええ、ケースはあなたの所有物かもしれない。しかし中身はそうじゃないでしょう」

楽器ケースは犬養たちの前に置かれる。

「やめろ」

「開けてくれ」

ケースの蓋《ふた》をゆっくりと開ける。

中から現れたのは楽器ではなく、雛森めぐみの身体だった。

「あら」

薄目を開けためぐみは、そこに立っているのが犬養でもさほど驚いた様子を見せなかった。

「犬養さんがここにいるということは、どうやら出国前みたいね」

「ぎりぎりだった。このまま搭乗されていたら間に合わなかった」

犬養が手を差し出すと、めぐみは気後れする風もなくその手を握る。

「どこまで知られたのかしら」

「ＪＫギルドの真の目的はあなたを解放し、国外に逃亡させることだった。三件の積極的安楽死も膳所の現行犯逮捕も、ＳＮＳでの煽動も全てはそのための狂言に過ぎなかった」

「ちょっと違う。三件の安楽死はちゃんと患者本人の依頼だったし、膳所さんがＨＰで発表した声明にも嘘偽りはない。積極的安楽死を社会的に論じてもらうのは、わたしたちの悲願だった」

「一応信じよう」

めぐみは既に身柄を確保された国分に目を向ける。

「すみません、雛森さん。しくじった。あなたには、ケースに押し込んで苦しい思いをさせたというのに」

「いいわ。あなたたちも犬養さんを相手に健闘した方よ」

「悪いが、行き先はドバイから拘置所に逆戻りだ」

「どの段階で気づいたの」

「あなたが膳所に襲われた直後、国分さんは俺が駆け寄ろうとした時、『彼女に触っちゃいけない』と制止した。医者なら当然の反応だとその時は思ったが、彼は現場から離れて久しい。俊敏な行動と指示は却《かえ》って不自然だった。疑って当然だ」

いったん疑惑が浮かんでからは早かった。犬養たち麻生班の面々は国分がめぐみを逃亡させると踏んで彼を尾行し続けた。件《くだん》の救急車が発見されたのが成田だったため当初は成田空港からの出国と推測していた。ところが国分のスケジュールを確認すると中近東へ出立するのが分かったので驚いた次第だ。しかし考えてみれば、首都圏は厳重な警戒網が敷かれている。その点、関西方面はまだ空隙《くうげき》が期待できたのだろう。しかもゴールデンウイークで利用客が立て込んでいるから尚更都合がいい。

ふう、とめぐみは短く嘆息する。

「無事救急車に運び込まれた時には上手《うま》くいったと思ったんだけど」

「あの二人の救急隊員もJKギルドのメンバーだったのか」

「膳所さんが選んだの。二人とも積極的安楽死を前向きに考えてくれる協力者。あまり苛《いじ》めないであげて」

「未決囚脱走の手助けをしたんだから相応の罪に問われる」

「罪だと」

犬養の言葉に反応したのは国分だった。

「彼女を解放するのが罪だと言うのか。馬鹿言っちゃいけない。雛森さんはこの国の終末期医療の現状に風穴を開ける存在だ。彼女を拘置所に収監し発言と行動を封じることこそが罪なんだぞ」

医療安全推進室室長代理の顔を脱ぎ捨てた国分はひどく憤っていた。

「わたしは医政局でガイドライン策定に携わった際、安楽死は患者本人の意思に基づいた最善の利益を指導基準とすべきだと主張し続けた。だが省と局長は世間に阿《おもね》って、なかなか首を縦に振ろうとしない。現状を打破するには世間そのものを動かすしかない。それができるのは雛森さんを中心とする有志の者だけなんだ」

「それでテロリストの真似事ですか」

「何だと」

「いくら崇高な理想をお持ちだろうが、手段が違法ならテロと同じだ。成功すれば革命、失敗すれば反乱。そしてあなたたちは失敗した」

「正義の味方気取りか。君のちっぽけな正義が、この国で安楽死を希求する患者を苦しめ続ける結果になるんだぞ」

国分は切実な顔で切り出す。

「娘さんの話は聞いている。腎《じん》不全を患いドナーを探しているそうじゃないか。このままドナーが見つからなければ、いずれその子も安楽死を望むようになるかもしれない。そうなった時でも君は後悔しないのか」

「後悔はするでしょうね。人の親ですから」

犬養は国分と正面から向き合う。